Feest van het begin

BEKROOND MET DE AKO LITERATUURPRIJS 2013

ANDER WERK VAN JOKE VAN LEEUWEN

Theo Thijssenprijs 2000
Gouden Ganzenveer 2010
Constantijn Huygensprijs 2012

PROZA

Vrije vormen (roman, 2002)
Alles nieuw (roman, 2008) Shortlist AKO Literatuurprijs

POËZIE

Laatste lezers (1994) C. Buddingh'-prijs
Vier manieren om op iemand te wachten (2001)
Wuif de mussen uit (2006) Nominatie VSB Poëzieprijs
Hoe is 't. Gedichten in 't stad (2010)
Grijp de dag aan (2010)
Half in de zee (Gedichtendagbundel, 2012)

KINDERBOEK (een keuze)

Iep! (1996) Woutertje Pieterseprijs, De Gouden Uil, Zilveren Griffel
Een halve hond heel denken (2008) Zilveren Griffel
Toen mijn vader een struik werd (2010) Vlag en Wimpel
Waarom lig je in mijn bedje? (2011) Vlag en Wimpel

Joke van Leeuwen

FEEST VAN HET BEGIN

Roman

Amsterdam . Antwerpen
Em. Querido's Uitgeverij BV
2013

Eerste, tweede (e-book) en derde druk, 2012;
vierde, vijfde en zesde druk, 2013

Omslag Anneke Germers
Omslagbeeld (detail) Annaleen Louwes
Foto auteur Bob Takes

ISBN 978 90 214 4201 3 / NUR 301
www.querido.nl
www.jokevanleeuwen.com

FSC
www.fsc.org
MIX
Papier van verantwoorde herkomst
FSC® C116331

Weest gelukkig, want jullie zijn niet schuldig!
Restif de la Bretonne

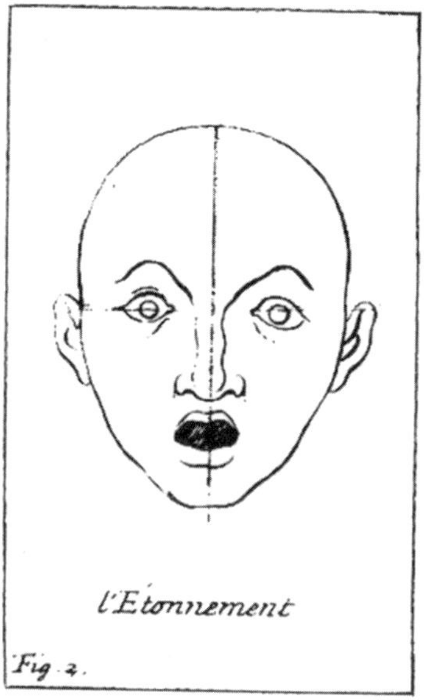

l'Etonnement

Fig. 2.

26

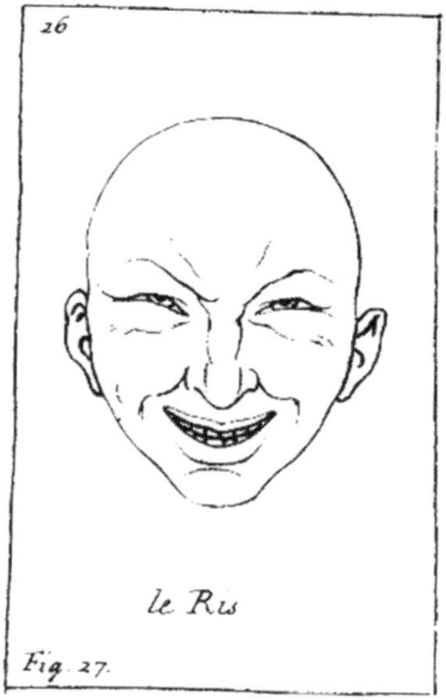

le Ris

Fig. 27.

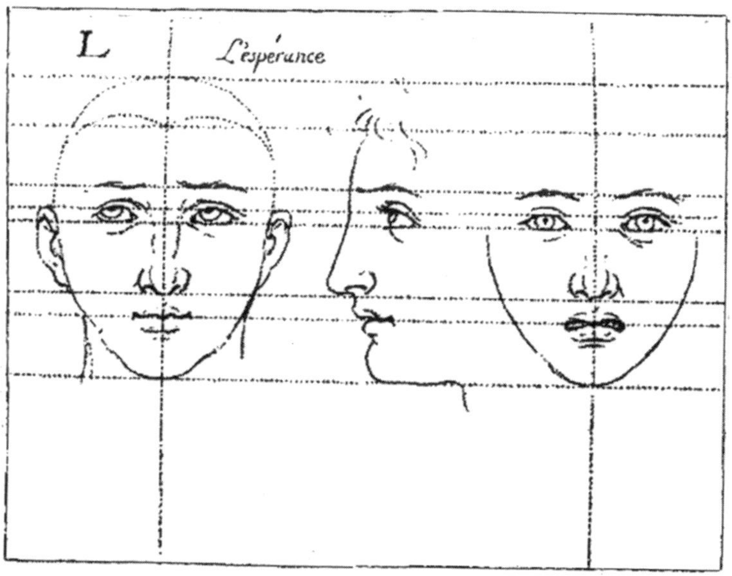

L

L'espérance

Proloog

Op een oktobermaandag in het eerste jaar van de nieuwe vrijheid stort de regen nietsontziend op de hoofdstad. Hij slaat een menigte putjes in het water van de rivier die er als een kromme ruggengraat doorheen loopt en tekent slingerbeekjes in de modder van nog ongeplaveide straten. De open goten kunnen de toevloed niet meer verstouwen en uit de regenpijpen, die maar tot halverwege de gevels reiken, spuit het water op de rillende flanken van de paarden en de dunne daken van de koetsen. Voorbijgangers proberen de plenzen te ontwijken die door de wielen worden opgegooid, met vuil erin en restjes salpeterzuur die een gat kunnen branden in hun kleren. En de mussen en de katten vinden een schuilplaats die te klein is voor een mens.

De regen gutst langs de strenge gevels van een hospice voor wezen in een van de faubourgs, waar al vijftien jaar tussen andere kinderen met verloren ouders een vondelinge woont die op haar handen kan staan. Ze heeft van de nonnen die haar te kleden en te bidden geven twee namen gekregen van heilige vrouwen.

Die middag kijkt ze door een van de weinige ramen waar geen ribbelend glas in lood in zit dat de buitenwereld vervormt en een andere kleur geeft. Ze weet van horen zeggen wat er gaande is en ziet de stille straat waaraan het hospice grenst. Hoe weinig ze ook ziet, ze mag niet blijven kijken, want er moet worden schoongemaakt en er moeten nieuwe woorden worden geleerd in een dode taal die moet blijven leven.

Het water trommelt op het beschadigde huis van een behangfabrikant, waarin alles kort en klein is geslagen door arbeiders die hun recht kwamen halen en en passant ook de uitstekende wijnen uit de kelder. In halfdonkere zolderwoningen zetten vrouw en kinderen van leerlooiersknechten en waterdragers emmers en pannen neer om de druppels op te vangen die naar binnen lekken.

De regen doorweekt een jonge vrouw met een zwarte vlek in de huid van haar bovenlip. Ze is naar de bakker gegaan in de verwachting daar weer lange tijd voor de deur in de rij te moeten staan, maar de winkel is gesloten en ze keert zonder brood terug naar haar meesteres.

De regen trommelt op het lage huis van een schilder die binnenblijft. Hij heeft deze ochtend de alarmklokken horen luiden, heeft kinderen voorbij zien lopen die heftig met een handbel zwaaiden, alsof ze iedereen het huis uit wilden hebben, maar hij komt niet kijken wat er aan de hand is, hij mijdt de massa's onbekenden, al zou hij willen dat die allemaal wisten wie hij is en wat hij maakt.

En er vormen zich grijze plassen op het dak van de werkplaats waar een instrumentmaker de toetsen van een nieuwe pianoforte meer diepgang geeft. Het is een rechthoekig tafelmodel. Dat kleinere formaat verkoopt beter dan het mooiere en klankrijkere vleugeltype.

De uitvoerder van gerechtelijke vonnissen luistert in zijn salon naar het ruisen buiten en speelt dan verder op zijn cello, terwijl zijn vrouw bij hem komt zitten en een verdwaalde haarlok achter haar oor legt.

De regen valt op de cafés waar mannen koffie met melk drinken en over de algemene wil discussiëren en die van henzelf, en doordrenkt de lange rokken van marktvrouwen die al uren in de weer zijn, ze zijn die ochtend met zeker duizend medestandsters naar het stadhuis getrokken om de komst van de koning naar de hoofdstad te eisen, want er is beloofd dat hij in eigen persoon terug zal keren uit zijn kasteel, een kleine twintig kilometer verderop, waar hij met zijn buitenlandse koningin en hun kleine kinderen woont, alsof ze liever niets met de opgewonden hoofdstad te maken willen hebben en dankbaar zijn dat er een weg omheen bestaat, zodat het hart ervan kan worden vermeden.

De vrouwen hebben in de hal van het stadhuis stapels officiële stukken op een hoop gegooid, want van al dat gepraat op papier kan geen brood worden gebakken, ze hebben pieken gevonden om fier in de lucht te steken als ze de koning gaan ophalen, want ze moeten indruk maken en met hun goedkope kleren aan kunnen ze dat niet genoeg. Ook een paar kanonnen moeten mee, dikke buizen op houten karren, al heeft niemand de kogels die erbij horen.

De stortbui doordrenkt de tienduizenden die zich verzamelen om op te trekken naar het kasteel. Het water tikkelt op de leren voorschoot van een zadelmaker die zich heeft bewapend door aan een blok hout een handvat te bevestigen, en zuigt zich in de witte muts van een lotenverkoopster die professioneel kan schreeuwen, ze schreeuwt een opening in het gordijn van regen. De druppels glijden langs de wangen van de naaister die een bezem heeft meegebracht om mee te zwaaien en op de jonge toneelspeelster die een eenvoudig lied met maar één regel aanheft over wat ze deze dag zullen doen. Haar woorden worden overgenomen en planten zich voort door de menigte die graag pasklare teksten krijgt aangereikt. En er is niemand die eraan denkt te schuilen, iedereen wil zichtbaar zijn en zichtbaar blijven, roepend en zingend over de komst van de grote bakker des vaderlands, hun nationale broodbezorger, want zijn lijflijke aanwezigheid, heel zijn koninklijk embonpoint, zal de toestand verbeteren en het brood bereikbaar maken.

De regen doorweekt de nieuwsgierigen die massaal naar de pleinen en bruggen komen om toe te kijken hoe de demonstranten zich in beweging zetten, acht trommelaars voorop, allemaal gekomen op het fluisteren van geruchten, het rinkelen van bellen en het beieren van alarmklokken. Ze zien hoe een aantal vrouwen zich vastklampt aan de lange pieken die ze hebben bemachtigd en hoe anderen zich met bestek behelpen, hoe de kanonnen worden meegetroond, hoe de vlaggen die fier hadden moeten wapperen zwaar aan hun stokken plakken en er sjerpen in de goedgekeurde kleuren om schouders en buiken hangen alsof de dragers ervan zichzelf cadeau willen doen. Het getrommel en geroep en de monotone zang dampen omhoog en laten dikke wolken woede, ingestampte bedeesdheid, mufheid en donkerte ontsnappen, de menigte wordt één enorm roezemoezend wezen, drastisch gedoopt in de naam van wat een nieuwe naam moet krijgen, de modder spat op rokken en schorten, vuile klompen, versleten jakken en nieuwe uniformen.

Een lange laan leidt als een loper naar het kasteel, waar de regen plassen vormt tussen de stenen benen van symbolische vrouwen. Het water gutst langs de stenen nek van glorierijke mannen en beukt op het geheime deel van het dak, waar de koning zich soms terugtrekt als hij even met rust gelaten wil worden en niet aan het land wil denken maar aan het vernuftige mechanisme van deursloten en jachtgeweren.

De man rouwt met zijn vrouw om hun aan de tering gestorven kleine troonopvolger, uitgemergeld begraven voor een bedrag dat tienduizenden broden waard is. Nu zit hun woning nog wijder om hen heen en nooit zijn ze er alleen, ze weten zich onophoudelijk omringd door aan- en uitkleders, deurenopenduwers, boekettenaanbieders, gunstensmekers, portretschilders, aanrakers, wijnschenkers, in-het-oor-fluisteraars, wachters, schoonmakers, pleziermakers, vleiers, minnaars, voor- en doorzeggers, en de chirurgijn die hem potent heeft gekregen.

De immens lange stoet ijveraars loopt de stad uit, de bossen in, door een dorp waar niet genoeg eten te halen is voor al die voorbijgangers, en over de rechte laan op het kasteel af. De meeste vrouwen die meestappen hebben nog geen kinderen, of hun kinderen zijn al groot, ze kunnen zich de mars veroorloven, in hun steeds zwaarder wordende rokken, waaronder hun benen driftig voortstappen. De hele middag zijn ze bezig te denken dat ze bij elkaar horen en dat ze met spierpijn en dorst en rode wangen naar een betere toekomst onderweg zijn.

Nog voor de schemering invalt bereiken ze het gebouw van de Nationale Vergadering, niet ver van het kasteel. Een toevallige delegatie struint naar binnen op vermoeide voeten in modderschoenen of in klompen als verzopen bootjes. Ze gaan op de tribune zitten, maar er zijn er evengoed die beneden blijven en de banken innemen die nog leeg zijn. Als ze horen dat de geachte afgevaardigden het hebben over het compenseren van weggevallen adellijke rechten, worden ze ongeduldig, want het moet gaan over de valse graanspeculatie en over de komst van de koning naar het hart van de hoofdstad, ze hebben een petitie te overhandigen, maar is een natgeregende petitie genoeg, komt er wel eten van een petitie.

De geestelijken die hen tot bescheidenheid willen sussen krijgen de wind van voren, wie denkt de aanwezige vrouwen te kunnen kalmeren met een kushand wordt weggeduwd, ze komen niet voor een kushand, wat kopen ze voor een kushand. Sommigen trekken hun jakken uit en leggen die te drogen op de vloer en daar liggen die kleren op hun buik, met uitgespreide mouwen, alsof ze vermoeider zijn dan het lijf dat hen droeg.

Buiten groeit het ongeduld, wat is er gaande, waar

kunnen ze droog zitten, het blijft maar regenen en de schemer is allang ingevallen. De gardesoldaten komen eraan, wordt er gezegd, laatkomers zijn het, wat moeten ze nog.

Een klein nat groepje protesteerders mag het kasteel binnen gaan om van de koning te eisen dat hij meekomt naar de hoofdstad, want iedereen wil zeker zijn, wil dat hun delegatie het zelf van tussen zijn volle lippen hoort, de stem hoort van hun redder die moeite heeft met spreken in het openbaar, van hun bezieler die graag grote stukken wild eet, maar het is een zwak stelletje dat de twee toegangshekken door mag, het grote plein oversteekt en ontvangen wordt tussen spiegels en toekijkende beelden van voorouders. Er is een meisje van zeventien bij dat flauwvalt, hoe kunnen de eisen indruk maken als ze worden overgedragen door zo'n jong ding dat meteen bezwijkt, hoe kan zo'n kind eisen stellen als ze vlugzout krijgt en omhelsd wordt door wie ze wilde tegenspreken.

Ze komen terug zonder garanties, zonder zwart-op-wit neergeschreven beloften.

Wie niet in slaap zijn gevallen op de banken van de Nationale Vergadering, op de stoel van de voorzitter of ergens buiten onder een afdak, wie niet denken dat het zo wel goed genoeg is geweest, maar door willen gaan in het donker, vinden de koninklijke hekken op slot, maar ze zullen erdoor komen, ze hebben het koud, hun kleren plakken aan hun huid.

De regen is minder fel, maar nog altijd niet opgehouden.

Wachters te paard willen hen terugjagen, de nerveuze beesten briesen en de wachters raken ontregeld, ze hebben hun angst voor deze gigantische menigte niet in de hand, een van hen begint te schieten, hij zou gezegd hebben dat het uit zelfverweer was als hij daartoe de kans had gekregen – en het zijn niet de strijders met bestek in hun handen die hem die kans hebben ontnomen.

Zijn kogel heeft de zoon geraakt van die ene zadelmaker die al uren een blok hout aan een handvat meedraagt om zich te verweren. Nu legt hij het zware ding opzij, knielt neer en probeert zijn zoon weer levend te schreeuwen.

De menigte verandert in een beukhamer die een opening forceert, de man die heeft geschoten wordt van zijn paard getrokken, iemand heeft een bijl, iemand hakt zijn hoofd eraf, het gaat dwars door het dunne halsvlees, de bloedvaten, spieren, luchtpijp, slokdarm, schildklier. Anderen hangen zijn lichaam zonder hoofd ondersteboven aan een van de hekken. Hij zal een jaar of vijf schelen met de zoon van de zadelmaker. Zijn bloed raakt verdund in de regen.

Eindelijk, in de vroege ochtend, als het nog donker is, verdwijnen de buien boven de rustelozen die inmiddels het kasteel binnen dringen, zoveel als er zich aan weerskanten door de toegangsdeuren kunnen persen, ze razen de trappen op naar de koninklijke vertrekken, laten een modderspoor achter op het witte marmer en spetters op de muren, ze slaan tegen de vazen, werpen een snelle blik op de stenen middeleeuwers die onaangedaan boven de mutsen en petten uit torenen, er staan rijk versierde taboeretjes in de weg, een paar vrouwen gooien een raam naar de tuin open alsof ze de rest van de wereld willen uitnodigen. De voorhoede forceert de deur van de zaal voor de lijfwachten, die zich uit lijfsbehoud hebben teruggetrokken. Het is doorduwen tot in de slaapkamer van de koningin. Haar hemelbed is leeg. Nieuwsgierige handen trekken aan haar beddengoed, de afwezige wordt verwenst met alles wat al over haar is gezegd, zo vaak dat het op waarheid is gaan lijken: dat ze een hoer is, dat ze de haarden met papiergeld laat aansteken, dat ze de oorzaak is van alle ellende, de duivel die van ergens anders kwam en daar had moeten blijven.

Zo staan ze in hun bemodderde goed tussen het verguldsel te roepen en te zingen en te vloeken.

De koningin heeft in paniek de geheime route naar de vertrekken van haar man genomen, Doe open, doe open. De menigte stormt de spiegelzaal in en vermenigvuldigt zichzelf. Het koninklijke gezin dat zich verschanst in de antichambre-van-het-ossenoog wordt door gardesoldaten ontzet, de koning zal op het balkon verschijnen, als iedereen weer naar buiten gaat zal hij op het balkon verschijnen, hij zal beloven dat ze meekomen naar de stad, ja hij zal doen wat hij kan, hij bemint zijn volk, ze moeten nog even iets behoorlijks aan en hun koffers laten pakken, maar het hele gezin zal meekomen.

De regen is vertrokken, maar de weg naar de hoofdstad ligt nog vol plassen waar de vele duizenden doorheen soppen, nauwelijks in staat de ene voet voor de andere te zetten. In stugge kleren bereiken ze de hoofdstad, rillend van de kilte, maar brandend van trots om de eigen onvermoede mogelijkheden. Tussen hen in rijdt een koets met een onuitgeslapen gezin, en achter de koets volgen wagens vol zakken meel die in de opslagplaatsen zijn gevonden. Op de pieken zitten vierpondsbroden geprikt als parapluutjes. De deelnemers aan deze zegetocht zwaaien met takken die ze onderweg van de bomen hebben gerukt, jonge vrouwen hangen aan de arm van gardesoldaten. Langs de kant staan de toeschouwers die deze nacht in hun eigen ledikant hebben gelegen en nu aanwezig zijn omdat ze beseffen dat er geschiedenis wordt geschreven en dat daar kantlijnen bij horen. Een kind kijkt uit het raam van een eerste verdieping en ziet twee op pieken gespieste dode hoofden voorbijkomen. Het beeld brandt zijn hersenen in en zal daar nog zeventig jaar blijven zitten.

De overwinnaars zijn moe, ze hebben niet geslapen, ze hebben niet veel gedronken en nauwelijks gegeten, ze willen opgetild blijven, maar de tijd gaat verder, de menigte valt uit elkaar, er is weer leegte tussen de lijven.

Er zijn er die de roes rekken in een café. Anderen kruipen in een degelijk bed of slenteren naar hun bedoeninkje terug, doen hun voordeur open, pakken een pan om in te pissen, zakken op een stoel neer en leggen hun hoofd in hun armen.

I

Er lag een baby van vier maanden en drie zomerse dagen op de linkeroever van de rivier die door de hoofdstad stroomde, aan de kant waar de straat nauwelijks geplaveid was, de modder zwart zag en uit het vuilnis zwavelstank opsteeg. Ze lag er op een lege meelzak, losjes gewikkeld in een katoenen lap, spartelde als een tor op z'n schild en keek naar de lucht die langzaam lichter werd. Zo vond een waterdrager haar en hij vloekte, hing zijn emmers aan zijn armen, tilde haar op en liep met haar en de emmers langs de oever, waar vissers hun vangst van de nacht uitlaadden. Voor de dichtstbijzijnde kerk legde hij haar boven aan de trap, bij een hoge dichte deur.

Het was vijftien jaar voor de vrijheid uitbrak.

De waterdrager keerde terug om troebel water te scheppen en de huizen van zijn klanten in te dragen voor twee sous per vracht, zes verdiepingen hoog als het moest, vijfentwintig keer, tot de avond viel. Er waren niet genoeg putten en fonteinen in de stad. De rivier was er elke dag.

Een non met negen vingers nam het kind een paar uur later mee naar een hospice voor wezen en vondelingen, droeg haar door de holle gangen met koude pilaren en litanieën op de wanden, en voedde haar met geitenmelk. Zo kwam het dat ze niet voortijdig stierf, zoals de meeste van haar lotgenoten, maar een leven zou leiden als een toegift. Ze vergat de geur en de stem van haar moeder en groeide op tussen andere meisjes zonder aanwijsbare geschiedenis.

De nonnen in hun donkere habijten gaven haar de namen van twee heiligen: Catharina Godelièvе. De eerste werd onthoofd, waarna er melk uit haar hals vloeide en lampenolie uit haar botten, de tweede werd uitgehongerd, gekerkerd, gewurgd en in een poel geworpen. Ze leerden haar spreken, een levende taal en een dode, want ze moest in die dode taal kunnen zingen en reciteren tot eer van de god die God heette en die ze zich voorstelde als een bijzonder groot uitgevallen vader. Op een dag zou hij zijn zoon voor de tweede keer naar beneden sturen, uit de wolken, om hem te laten doen wat was beloofd, want er was iets beloofd, zoveel werd haar duidelijk, al begreep ze niet wát precies, en ze herhaalde en herhaalde de zinnen als toverspreuken, samen met de andere kinderen die dezelfde jurken droegen als zij, van dezelfde stugge stof, met dezelfde schortjes voor en dezelfde witte mutsjes op die hun haren bijeenhielden zoals de strozakken het stro waarop ze sliepen. Soms struikelde haar tong over de klanken en zei ze per ongeluk nieuwe woorden die ze niet meer kon verbeteren omdat de kinderen door moesten als uit één mond, dan ging ze er maar van uit dat de god die God heette en bij wie deze taal hoorde het ook wel begreep als ze haar woorden een beetje anders zei, per slot was hij almachtig en wie almachtig was, begreep alles.

Omdat niemand haar vertelde dat ze voor een kerk was opgeraapt, bedacht ze dat ze uit een wolk naar beneden was gevallen, een wolk in de vorm van een gezicht, en diep onder haar hief een menigte de armen hoog om haar op te vangen, er werd geschreeuwd, men sloeg elkaar, iedereen wilde haar graag hebben, en toen kwamen de ordetroepen die hen verjoegen, alleen de nonnen van het hospice waren er nog en vingen haar op.

Ze had evenveel levens kunnen leiden als er mensen stonden om haar op te vangen.

Tijdens het eten in de hoge kale refter, waar twee rijen ronde pilaren het plafond stutten en de kinderen aan lange, grillig gevlekte houten tafels zaten, luisterden ze naar de verhalen over de heiligen, er waren veel heiligen, ze konden er lang mee voort, de nonnen. Omzoomd door hun kappen leken hun gezichten op sprekende eieren.

Soms reciteerde ze in gedachten haar eigen litanie, terwijl haar ogen de pilaren afgingen die ze vanaf haar zitplaats op een harde bank kon zien, één lettergreep per pilaar en de laatste lettergreep moest samenvallen met de laatste pilaar, anders moest het nog eens en nog eens, tot de non met de negen vingers haar een vraag stelde die ze niet kon beantwoorden en ze te horen kreeg dat ze niet vroeg genoeg kon beginnen met het onthouden van de heiligenlevens, opdat ze gezegend zou zijn. Ze wist niet wat dat woord betekende, ze wist wat het woord muur betekende en het woord altaar en het woord stromatras en het woord geitenmelk en de woorden klein kreng die ze had geleerd van het grote meisje met de zwarte vlek in haar bovenlip dat haar elke ochtend op de wasplaats moest poedelen, dat haar in haar kleren moest hijsen, dat haar kneep en op haar billen sloeg en tussen haar korte beentjes bevoelde en tegen haar zei wanneer de duivel haar zou komen halen.

In gedachten maakte de vondelinge van de duivel een grote vogel, een duivel met vleugelen, die haar op zou tillen en hoog in de lucht zou brengen om naar beneden te kunnen kijken, naar hoe het buiten het hospice was, waar mensen die ze niet kende lawaai maakten, koetswielen op de keien ratelden en de regen niemand ontzag.

Er was iets aan haar wat de andere meisjes op afstand hield, al had ze geen idee wat het kon zijn. Als ze over haar gezicht streek of naar haar ingepakte lichaam keek, voelde of zag ze niets wat echt uit de toon viel. Ze was mager, maar ze was niet de enige met weinig vet aan de botten. Haar neus beschreef een boogje, maar voelde niet uitzonderlijk groot of klein of scheef of pokdalig. Als ze haar mond in een glimlach duwde, ontstonden er twee zachte bolletjes wangvlees onder haar ogen die er volgens haar niet afstotelijk uit konden zien, en haar haren die door het grote meisje werden uitgekamd, waren donkerblond, zoals bij de meeste andere kinderen. Haar tong gleed soms over haar voortanden die net als bij de andere meisjes los kwamen te zitten toen ze een jaar of zes was en werden vervangen door twee bovenmaatse exemplaren waartussen een klein spleetje bleef, maar ook dat hadden andere kinderen. Haar voeten stonden een beetje naar binnen en in het vel van haar onderarm tekenden zich ronde roze appeltjes af en blauwe banen als riviertjes.

Onder haar linkervoet had ze een harde rand ontdekt, een litteken, ze dacht dat haar moeder dat in haar voetzool had gekrast om haar te kunnen herkennen als ze haar ooit terug zou vinden. Misschien had haar moeder in haar eigen voetzool eenzelfde teken gekrast. Als ze ooit iemand tegenkwam die haar moeder zou kunnen zijn, moest ze aan die vrouw vragen haar schoenen uit te doen, en als het haar moeder niet was, zou die vrouw kwaad worden, want wie vroeg er nu aan iemand op straat om haar schoenen uit te doen en haar voetzool te tonen, zo iemand zou denken dat het was om het vuil aan die voetzool, die zou niet begrijpen dat ze het vroeg omdat ze hoopte dat er een litteken in gekrast stond dat er net zo uitzag als het litteken onder haar eigen voet.

Ze was op haar hoede. Als ze iets zei, leken de anderen haar niet te begrijpen en begonnen ze te gniffelen, wat haar deed blozen zonder dat ze dat wilde.

De kinderen sliepen in een grote slaapzaal op de eerste verdieping, met een hoog plafond waar de helft van de moulures aan ontbrak. Het bed van de vondelinge stond naast een glas-in-loodraam dat een heilige moeder voorstelde met een lang smal dienblad in haar handen waarop de hoofden van haar zeven zonen lagen. De vloer was betegeld met almaar herhaalde patronen van strepen, gestileerde bladeren en vierkanten. De in hoekige letters geschilderde zinnen die de gangen versierden kon ze niet lezen.

Aan de zuidkant van het hospice lag een smalle straat, aan de noordkant strekte zich een groot binnenplein uit. In de andere vleugels die het binnenplein omzoomden woonden bejaarden en verwarden. Als zij buiten waren moesten de kinderen binnenblijven en zag de vondelinge hen door een ruit die niet van glas in lood was in hun ware kleuren rondsloffen en ijsberen en bekroop haar de angst dat ze haar hele leven in het hospice zou moeten blijven tot ze zo oud of verward was als die anderen daar.

De nonnen hielden de dagen met een vast programma in bedwang. Om vijf uur 's morgens werden de kinderen gewekt en hielpen de groten de kleinen in de kleren, dan was er in de kapel de ochtendmis met de vaste woorden, het zwijgontbijt in de refter, gebed, voorleesmaaltijd en catechismus. Er waren de huishoudelijke werkjes die gedaan moesten worden, een deel van de kinderen kreeg schrijfles, anderen naailes, en later op de dag stampten ze nieuwe toverspreuken in hun ontvankelijke hoofden, want als er niet almaar stuttende woorden werden herhaald zou de hemel naar beneden storten.

Het grote meisje met de vlek in haar bovenlip wist wanneer niemand op haar lette. Dan likte ze aan de wangen van de vondelinge en zei dat er zout op zat, ze spuugde in haar haren en zei dat het goed was voor de groei, ze greep haar bij de polsen en duwde haar kleine knuisten tegen twee verse borsten, opdat de kleine zou weten wat haar te wachten stond. Ze beweerde dat ze haar eigen ouders kende en dat die licht uitstraalden, zoals ook de koning licht uitstraalde, de koning die net als alle andere koningen ter wereld Louis heette, omdat niemand op een andere koninklijke naam kon komen, ze wist dat omdat iedereen het wist, behalve het kleine kreng dat ze onder haar hoede had, dat niets wist en nooit iets zou weten, dat nooit zou weten wie haar vader en moeder waren, omdat die haar in de steek hadden gelaten en nooit zouden gaan zoeken.

– Je had er niet hoeven zijn, zei ze.

De vondelinge vroeg zich af waarom ze er was als ze er niet had hoeven zijn en ze dacht dat ze er moest zijn omdat ze er was, want anders zou ze er niet zijn. Ze krulde haar tenen en voelde aan haar neus met het boogje erin en trok haar mondhoeken uit elkaar om de zachte bolletjes te voelen. Haar vader of moeder had natuurlijk ook zulke bolletjes en zo'n boogje, dus als ze hen ooit tegenkwam, kon ze hen daaraan herkennen zonder dat iemand zijn schoenen hoefde uit te trekken.

– Als je heilig wilt worden, zei het grote meisje, dan moet je dit kunnen verdragen.

Ze porde de vondelinge in de zij en duwde met haar nagels halve maantjes in haar bovenarm, maar de vondelinge ging niet huilen, dat deden de heiligen ook niet, de heilige moeder van het glas-in-loodraam glimlachte zelfs een beetje alsof ze blij was dat ze tenminste nog de hoofden van haar zonen had en haar onwrikbare vertrouwen in wat niet zichtbaar was.

Ze bad in stilte tot de zoon van God, want die kreeg spijkers door zijn voeten wat veel erger was dan nagels in je arm.

– Wassen, spoelen, wringen. Doet dit pijn?

Een klodder spuug landde op haar onderarm en de twee handen van het grote meisje wrongen haar vel tegenovergestelde kanten op.

– Neenee neeneenee.

– Doodgaan is makkelijker dan geboren worden. Als ik je keel dichtknijp kun je niet meer ademen en ben je dood, de meeste weggegooide kinderen gaan meteen dood, als je geen eten kunt kopen ga je dood, als je onder een paard komt ga je dood, het is niet moeilijk, jij had net zo goed dood kunnen gaan, dan had je niet eens geweten dat je ooit had geleefd en niemand had het verschil gemerkt en ik moet je haar nog kammen.

2

Tobias S. komt uit een buurland. Als hij zijn mond opendoet is dat meteen te horen. Een accent zit er al vroeg in. Hij is een van de zeer velen die de grens zijn overgestoken om in de hoofdstad te komen wonen. Pianofortebouwers als hij zijn een aanwinst. In Tobias' heimat staat die kunde verder dan in zijn nieuwe vaderland. Hij weet zeker dat hij met zijn relatief betaalbare tafelmodellen iets bijzonders te bieden heeft, en hoewel hij niet tot de beroemdste bouwers wordt gerekend, is het hem gelukt zijn plek te veroveren, wat niet van elke inwijkeling kan worden gezegd. Er zijn er heel wat die vastlopen, die zelfs tot de bedelstaf vervallen en voor wie er geen weg terug is.

Toen hij als kind de ingenieuze methode leerde om klank in schrift te vangen, bleek hij over een absoluut gehoor te beschikken. Hij vergiste zich nooit als hij de toon moest benoemen die zijn leermeester op het klavichord aansloeg. Feilloos wist hij een c van een cis te onderscheiden, zelfs de keer dat zijn leermeester hem op een fout meende te betrappen, maar het aan het klavichord lag dat een halve toon uit koers was.

Iedere zondag zat hij tussen zijn moeder en zijn oudere zuster op een smalle harde bank in de kerk, terwijl de predikant de eeuwigheid dichterbij probeerde te galmen. Dan ging al zijn aandacht uit naar het orgel. Hij had zichzelf geleerd welke pijp welke toon voortbracht en wanneer hij daar zo zat, recht tegenover dat machtige instrument, waar de organist door opgeslokt leek, speelde Tobias er in gedachten een lied op, met enorme hamers, als op een veel te groot hakkebord, en oefende hij in stilte kwarten en kwinten, tot het orgel weer losbarstte en de gemeente een gezang zong dat langzaam naar Den Hoge sjokte, waar hij zich een God dacht die mopperde of het niet wat geestdriftiger kon.

De oren van Tobias zijn zo gevoelig dat ze alle omgevingsgeluiden opvangen, schreeuwende mensen op straat, gillende baby's en slecht gesmeerde wagenwielen die snerpen in de bocht. Hij moet zich dagelijks oefenen om niet alles tot zijn brein toe te laten. Die gevoeligheid versterkt zijn weerzin tegen de menigten die in toenemende mate in de straten van de hoofdstad samenklitten om hun ongenoegen uit te roepen. Als de omstandigheden hem dwingen om in grote groepen mensen te verkeren, zoekt hij altijd de randen op, tijdens concerten zit hij zo dicht mogelijk bij een uitgang en in zijn werkplaats vraagt hij zijn knecht zich zonder al te veel gepraat op diens taak te concentreren.

Tobias bezit een werkplaats met winkel in een smal, deels overdekt straatje. Flaneerders komen er graag door de ruiten turen.

Zijn vader schonk hem geld en handelsgeest, hij leerde zo snel mogelijk zijn nieuwe taal en legde contacten met de leveranciers van de benodigde materialen.

Hij houdt van wat hij maakt. Voor hem is het de ideale combinatie van zijn scherpe gehoor en zijn fijntechnische interesse, van geestelijke en lichamelijke arbeid, vernuft en schoonheid. Geen muzikant, zegt hij wel eens tegen zijn klanten, kan een siddering van ontroering teweegbrengen zonder perfect gebouwde instrumenten. En het zijn vooral de nieuwe ontwikkelingen, al die verbeteringen aan de pianoforte, die hem mateloos interesseren, en die hij, net als zijn collega's, nogal eens afkijkt van wie er het eerst mee komt, om vervolgens te doen alsof het een eigen vinding is. Het liefst wil hij ooit zelf de eerste zijn om iets nieuws te ontwikkelen, misschien een verbetering in het mechaniek van de *Auslösung*, waardoor de hamers nog sneller repeterend kunnen worden aangeslagen, of een manier om een grotere trekkracht van de snaren te weerstaan, zodat er meer octaven op het toetsenbord kunnen, of een nieuwe combinatie van klanken, bijvoorbeeld een instrument waarin de snaren zowel met hamers als met strijkbewegingen tot klinken kunnen worden gebracht. Per slot speelt hij zelf behalve pianoforte ook verdienstelijk viool, zijn lichaam kent de juiste druk van een strijkstok op een snaar. Of misschien kan hij er glas bij gebruiken, hoewel hij daar niet zo in thuis is. Hij heeft een keer gehoord wat een hemelse klank glas kan voortbrengen.

Nee, toch maar niet. Geen glas.

Sinds de pianoforte bestaat, vindt hij klavecimbels, met hun zachtere toon, vooral geschikt voor de bescheiden handen van vrouwen. Hij verkoopt ze nog wel en zolang ze verkocht worden, maakt hij ze, ook al omdat veel klanten nog steeds huiverig blijven voor de klank van de pianoforte, die ze ketelmuziek noemen, een oordeel dat ze klakkeloos van een beroemdheid nabauwen. De mensen die zeker menen te weten dat het klavecimbel deze nieuwlichterij glansrijk zal overleven, hebben meestal nauwelijks interesse voor het binnenwerk, zolang de klank maar voldoet en er niet iets onverwacht misgaat. Gaat er wel wat mis, blijft er een toets hangen of kruipt er te veel vocht naar binnen, ja, dan beginnen ze te foeteren.

Hoeveel inzicht, kunde en liefde er nodig zijn opdat hun kinderen in de salon hun eerste stukjes kunnen spelen, daar denken ze niet aan. Dat het fichtenhout pas na twintig jaar de juiste droogte heeft, dat het om de juiste zachtheid van het buffelleer gaat, de juiste beenderlijm, de juiste afstelling van de stemschroeven, de juiste diepgang van de toetsen, welnee, ze doen of hun tafelmodelletje zomaar op zijn vier pootjes is komen aanlopen.

Niet dat Tobias in de schijnwerpers wil staan, een klein naamplaatje is hem genoeg, maar enig begrip voor de poëzie van het vernuft kan volgens hem geen kwaad.

Zijn instrumenten zijn met de jaren soberder geworden, zonder de barokke versieringen van een voorbije tijd, de kleppen van zijn klavecimbels laat hij niet meer vanbinnen beschilderen met landschappen of bevallige vrouwen. Het ergert hem als een potentiële koper meer op de versiering lijkt te letten dan op de klank en per se wil dat die of die mythische figuur onder de klep komt te staan.

Hij heeft een tijdje met een schilder samengewerkt die zeer ambachtelijk vrouwen en stervende helden schilderde, maar allebei kregen ze het gevoel dat wat de ander deed niet tot de essentie behoorde van wat ze zelf deden. Bovendien zeurde die man te veel over de Salons van de Schilderkunst, waar het er niet eerlijk aan toe zou gaan, omdat het daar één grote kliek was die elkaar de hand boven het hoofd hield. Dan hoorde Tobias hem zwijgend aan en zei hij daarna dat hij het liefst in stilte werkte.

Gedachten die de gedaanten van jaloezie aannemen kent hij niet, al weet hij sinds hij in de hoofdstad woont wel dat hij de importeurs van het soort pianofortes dat een hardere aanslag heeft beter kan mijden, omdat die elke nieuwe bouwer als een gevaarlijke concurrent zien. Er zijn er zelfs die de winkel van de allerbekendste instrumentmaker hebben vernield, waar die overigens nog bekender van werd.

Ooit gaf Tobias klavecimbelles aan twee dochters van kennissen die hij het instrument had geleverd, dat ze in een donkere hoek van hun salon plaatsten. Die plek bleek goed te passen bij het beroerde spel van de meisjes.

Hij was met goede moed begonnen hun op het nieuwe instrument de centrale c te tonen, die ze do noemden, en van daaruit toonladders te laten spelen, duim, wijsvinger, middelvinger en dan hun duim verhuizen naar de fa zonder dat er een stilte viel, maar die viel er na drie maanden nog steeds. Hun nagels waren te lang en tikten mee op de toetsen, wat hem op het idee bracht om eens te proberen een mechaniek te ontwerpen dat door tikjes het metrum van een muziekstuk zou kunnen aangeven.

Eigenlijk gaf Tobias die lessen alleen maar omdat hij bij die kennissen Gisèle was tegengekomen, een jonge vrouw met een dunne witte huid, een nichtje dat tijdelijk bij hen inwoonde. Het was louter ter vergroting van zijn kansen om Gisèle te veroveren dat hij had toegezegd de meisjes les te geven, toen hun moeder daarom vroeg. Het liefst wilde hij dat het Gisèle was die les nam, maar enige ambitie om muziek te maken bleek ze niet te bezitten.

Na een halfjaar lukte het hem haar voor zich te winnen en haar angst voor zijn afkomst met een sonate van een van zijn landgenoten te verzachten, ze kreeg er zelfs tranen van in haar ogen en Tobias raakte verlegen van de tedere macht die hij op haar had uitgeoefend.

Toen hij en Gisèle eenmaal samen waren bleef er van de klavecimbellessen niet veel meer over, wat de meisjes niet erg vonden. Het instrument bleef zwijgend in de donkere hoek staan, alsof het straf had gekregen.

3

Als de vondelinge zich allang zonder hulp aankleedt – ze zorgt nu zelf voor een van de kleintjes – wordt het grote meisje met de zwarte vlek in haar bovenlip opgehaald om kindermeisje te worden. In de naaikamer hebben ze nieuwe kleren voor haar gemaakt op kosten van haar meesteres, werkelijk helemaal nieuw zijn ze, zonder vegen en slijtplekken, ze zegt dat het kind voor wie ze gaat werken een jongetje is dat ze met alle egards moet aanspreken, hoewel hij zelf nog niet kan praten en niet eens zindelijk is.

Negen is de vondelinge nu en ze plast regelmatig in haar bed. Dan wordt ze wakker, plakkend aan de koud en nat geworden strozak en machteloos boos op haar lichaam dat zich zomaar eigenwijs gaat gedragen als zij er niet bij is. Ze zoekt de smalle droge rand van het matras op en probeert vergeefs weer in slaap te vallen, terwijl ze luistert naar het zuchten en mummelen van de andere kinderen, een snik in een droom, of hun door melk, meelspijzen en bonen veroorzaakte hoge scheetjes als engelentrompetjes. Ze staart naar het langzaam opkomende ochtendlicht achter het raam dat van de moeder van de zeven zonen eerst een monster met zeven tanden maakt en daarna langzaam weer de heilige met de glimlach.

Op zulke ochtenden moet ze in het bijzijn van de anderen de plasvlekken tonen en in de refter haar spijt richten tot God, zijn zoon en haar ontbijtbord en beloven dat ze voortaan op tijd op de nachtspiegel zal gaan zitten, alleen al omdat ze kostbare urine heeft vermorst die de leerlooiers nog hadden kunnen gebruiken.

Het bedplassen houdt op dankzij de zoon van God.

Ze bewaart wat onooglijke, belangrijke bezittingen tussen het stro van haar matras. Op een voor anderen niet zichtbare plek in de hoes zit een scheur die het deurtje vormt van haar geheime kastje. Ze heeft er een keer een lepel doorheen geduwd en een driehoekig scherfje glas dat ze heeft losgepeuterd uit de ruit met de heilige moeder, en een koolblad, vanwege zijn prachtige nerven, en een paar restjes katoen en tafzij die ze op de vloer van de naaikamer vond, toen daar niemand was. Tussen die spullen ligt ook de zoon, die in het strafkamertje op de bovenste verdieping was losgeraakt van zijn kruis en aan de spijker hing te bungelen die zijn voeten bij elkaar hield. Ze heeft hem eraf getrokken toen ze voor de tweede keer in dat kamertje werd opgesloten. Als ze in het donker in bed ligt, streelt ze met een vingertop de harde plooitjes van zijn lendendoek en probeert ze de trekken in zijn minuscule gezicht te voelen. Zo valt ze een keer in slaap zonder hem eerst op te bergen en wordt een paar uur later met een volle blaas wakker doordat een hard armpje in haar rug priemt. Sindsdien houdt ze de zoon bij zich, want alleen al de gedachte dat hij haar op tijd zal waarschuwen maakt dat ze voortaan wakker wordt als ze moet plassen.

Na een jaar is het probleem over. Maar er komt een dag dat de non met de negen vingers het geheime kastje vindt. Haar plas heeft het koolblad laten verrotten en er zijn muizen in het stro gekropen die zichzelf verrieden door te gaan piepen. Nu is er niets meer van haar alleen.

De eerste keer dat de vondelinge naar het strafkamertje moet, komt door het bidden. Als de kinderen in de refter zitten te bidden, kijkt ze graag door haar oogharen naar de andere meisjes met hun dichtgeknepen ogen en hun twee handen in een houdgreep en hun weerloos prevelende monden.

Tegenover haar aan tafel is een meisje haar woorden kwijt, ze opent van schrik haar ogen en ziet dat de vondelinge naar haar kijkt. Die denkt dat ze even samen een geheim delen, maar na het amen roept het meisje in één adem door dat ze onder het bidden heeft gekeken. De non met de langste naam komt achter het meisje staan, legt haar grote handen op de kleine schouders en kijkt de vondelinge streng aan.

– Is het waar dat je onder het bidden hebt gekeken?

De vondelinge mompelt dat wie haar heeft gezien zelf ook de ogen open moet hebben gehad, maar dat antwoord voldoet niet, de non met de langste naam herhaalt of het waar is dat ze heeft gekeken, ze moet er voor het aangezicht van God en de levenden een eerlijk antwoord op geven.

Terwijl ze een over tafel dartelend pluisje vangt, zegt

ze nog een keer dat wie haar met open ogen heeft gezien, zelf ook aan het kijken was, dat ze dus allebei hun ogen open hadden en wat daar verkeerd aan is, je moet ze toch ook opslaan ten hemel?

Daarop wordt ze naar het strafkamertje gebracht, door twee andere nonnen die haar tussen hun brede heupen klemmen. Uit hun habijten stijgt oude lucht op, een mengeling van muffe wortels, wierook en schimmel.

Ze moet een poosje over haar gedrag nadenken, zeggen ze, en de vondelinge vraagt of ze bij dat nadenken haar ogen open mag houden, maar daar geven ze geen antwoord op.

Het is de eerste keer dat ze een eigen kamer heeft, waar niemand op haar let. Er staat een houten bank en er is een dakraam. Buiten schuiven witte wolken voorbij, die nergens anders op lijken dan op wolken. Door de bank onder het raam te schuiven en erop te klimmen, kan ze de dakgoot zien en de daken van andere huizen. In de goot zit een duif met klapperende vleugels boven op een andere duif. Er ligt een hoopje aarde waaruit een paar dunne stengels groeien die wiegen in de wind. Een geheim tuintje is het, ze wil hier wel vaker zijn om te zien wat er uit de stengels zal groeien.

Het raam kan niet open, hoe hard ze het ook probeert. Ze springt weer van de bank af. Zittend op de vloer, haar voeten ontbloot, probeert ze haar rechterbeen in haar nek te leggen, wat niet lukt, maar ze raakt wel met haar kuit haar muts aan. De spieren in haar bovenbenen staan strakgespannen.

Dit heeft ze nooit eerder geprobeerd, ze is nooit eerder op het idee gekomen dat dit tot haar mogelijkheden behoort.

Ze gaat op haar knieën staan. De koude vloer trekt in haar botten, maar ze wil geen pijn voelen. Ze buigt haar lichaam achterover, omdat ze van zichzelf een brug wil maken met haar armen als omgeklapte leuningen. Twee keer geeft ze voortijdig op, maar de derde keer lukt het haar een brug te worden. Haar muts raakt de vloer. Alle kleine nonnen en weldoeners en meesteressen en andere mensen om haar heen zijn blij dat er eindelijk een brug is aangelegd over de woeste rivier rond haar onderbenen, ze rijden er met hun rijtuigen overheen en staan er bovenop om naar het uitzicht te kijken, maar opeens glijdt de brug het woeste water in en alle nonnen en weldoeners en meesteressen en andere mensen worden meegesleept door de stroom en niemand ziet hen ooit terug.

Tevreden kruipt ze weer overeind.

De volgende opdracht die ze zichzelf geeft is om op haar handen te staan, terwijl haar voeten tegen de zijmuur steunen. Het moeilijkst is het om die voorbij het hoogste punt te krijgen. Talrijke keren vallen ze terug alsof ze vinden dat er te veel van hen wordt gevraagd, maar uiteindelijk lukt het. Het lukt. Ze staat op haar handen tegen de muur. Niemand die het ziet.

Ze kan het steeds langer volhouden en meet de tijd door het Misereatur op te zeggen. Eerst komt ze niet verder dan omnipotens, maar op het laatst haalt ze het tot vitam aeternam.

Als de nonnen haar weer komen halen, zien ze haar rode hoofd en zeggen ze dat ze zich nu wel genoeg heeft geschaamd.

Niemand behalve de vondelinge weet dat er in de ruit met de heilige moeder een driehoekje mist. Het is de enige plek waardoor ze als ze niet kan slapen naar de straat kijkt zonder door de heilige moeder of haar zonen heen te hoeven turen. Terwijl een afgemeten vlaagje tocht in haar gezicht waait, ziet ze met één oog het door olielantaarns beschenen plaveisel beneden haar en de paar verlichte ramen aan de overkant. Af en toe hobbelt een koets langs met één paard, dat met het hoofd naar beneden voortsjokt, honden scharrelen langs de goot en wankele mannen roepen in het voorbijgaan iets onverstaanbaars tegen de gevels.

Ze zien niet vaak mannen in het hospice. Soms komt er een geestelijke langs of een weldoener, maar die spreken alleen met de nonnen, niet met de meisjes, de meisjes staan van klein naar groot in een lange rij in een van de gangen opgesteld om zonder woorden van top tot teen te worden gekeurd.

Als de vondelinge een keer in de donkere slaapzaal met één oog naar buiten staat te kijken, hoort ze een aanzwellend vals en aanstekelijk gezang. Er nadert een grote groep feestgangers, ze ziet ze komen en voorbijtrekken, vrouwen in donkere rokken met grove halsdoeken om, mannen met broeken aan tot over hun kuiten, niet van die chique kniebroeken met witte zijden kousen. Ze vangt flarden op van wat ze zingen, ze zingen: De bisschop moet zich schamen, halleluja amen, ze brullen: Weest gelukkig ronflonflon!

Zo denkt ze dat een lied gezongen moet worden, zo aanstekelijk van levenslust, ze zingen hun ziel uit hun lijf en kijken naar elkaar en slaan elkaar op de schouders en ze lijken te weten waar ze al zingend naar onderweg zijn, ze zingen niet omdat het moet, maar omdat ze het willen, allemaal tegelijk willen ze het en ze zingen in de levende taal die ze delen, ze verstaat hen, niet alles, maar wel flarden, en hoewel niemand van die vrolijke bende haar achter het driehoekje ziet staan, wil ze met hen meedoen. Haar stem is het enige wat het raam uit kan, dus ze zingt door het driehoekje een paar woorden mee en schrikt er meteen van, omdat ze zoveel geluid maakt in de donkere slaapzaal vol slapende krengetjes.

Haar ogen blijven de groep volgen, tot de laatsten, die de anderen haast niet kunnen bijbenen, uit haar blikveld verdwijnen en het gezang langzaam wegsterft en de straat leeg is, op een verdwaalde krant na die naar de goot in het midden danst en daar aan het vuil en het water blijft plakken.

Niemand in de slaapzaal zegt iets, maar de volgende ochtend vertelt een van hen aan de non met de langste naam wat de vondelinge uit haar mond heeft laten ontsnappen. Voor straf mag ze tien dagen lang die mond niet meer opendoen, behalve om er de steeds kariger wordende maaltijden in te stoppen.

De andere meisjes dagen haar uit zich met haar taal

te verdedigen en onverhoeds woorden te laten ontsnappen, ze krabben en knijpen haar, maar ze zwijgt, en als de tien dagen verstreken zijn, zegt de non met de langste naam dat ze weer mag spreken, maar ze blijft zwijgen, waardoor de non haar voor de zoveelste keer laat opsluiten in het kamertje onder het dak, dat kamertje waar ze zo graag komt omdat niemand zich er met haar bemoeit, al heeft ze allang gemerkt dat de duiven niet meer in de goot op elkaar komen zitten en de stengels slap zijn geworden en uitgedroogd voor ze tot bloei kwamen en het tuintje door hevige wind uit elkaar is geslagen en nu al zo lang geen stengels meer voortbrengt.

Ze doet haar kunstjes niet meer, ze staat op de bank en kijkt naar de wereld buiten, naar de schoorstenen die als wachters boven de daken uitsteken, naar een vrouw die de was ophangt en worstelt met een laken dat tegen haar aan waait, naar de kraaien die rondzwieren alsof ze elkaar achternazitten.

De volgende dag doet ze haar mond weer open, maar in plaats van de woorden die ze heeft geleerd, mummelt ze: De tafel is een tafel, buiten schijnt de zon, ik ben hier in de gloria amen.

4

De kunstschilder Gustaphe D. groeide op in een volkse faubourg, in een eenvoudige, lage woning die met hout, steen en kalk overeind werd gehouden en aan een straat lag waar meer karren dan rijtuigen doorheen ratelden. De beenhouwer van vijf huizen verderop zette regelmatig zijn slachtafval in een grote ton voor de deur, zodat vleesvliegen zich er in de hemel konden wanen. Soms lagen er koeienogen naast, alsof het de aarde zelf was die naar de lucht boven de gevels keek.

Veel bewoners leken alles wat ze te zeggen hadden schreeuwend op straat te moeten meedelen, ze schreeuwden vooral over de gebreken van de anderen met wie ze samenleefden, dat de een een hoer was, de ander een ellendeling en dat de volgende een verschrikkelijke ziekte kon krijgen. Ze eisten met al dat lawaai een ruimte voor zichzelf op die ze in hun huis niet hadden. 's Avonds liep het er wel eens uit de hand, dan braken er gevechten uit die duurden tot niemand meer wist wat de aanleiding was geweest.

De vader van Gustaphe was een stille, teruggetrokken man, die de drukte lijdzaam onderging. Hij maakte zijn hele werkzame leven tinnen en zilveren rammelaars, de zilveren allerfijnst geciseleerd. Soms hadden ze de vorm van een breed lachende nar, soms zat er een fluitje in verwerkt, en altijd waren ze aan de buitenkant voorzien van rinkelbelletjes. Ze werden verkocht door winkeliers in duurdere wijken, voor heel wat meer geld dan hij er als maker voor kreeg.

Zijn nek raakte zo verstijfd dat het steeds moeilijker voor hem werd om naar links of rechts te kijken. Zijn handen en zijn blik hadden zich gefocust, hij keek naar details, hij zag een verloren lepeltje achter een stoelpoot liggen, hij zag de eerste baardhaartjes op de wangen van zijn jongen en de donkere levervlek op de rechterslaap van zijn vrouw, alsof haar huid al was begonnen met doodgaan.

Niemand op de wereld geloofde zo in Gustaphe als zijn ouders. Ze hadden gezien dat hij goed kon tekenen en hadden hem geprezen, ze waren ervan overtuigd geraakt dat het hele land later nog veel van hem zou horen, dat het hele land net zo trots op hem zou worden als zij al waren.

Toen hij dertien jaar werd stuurden ze hem naar een arme schilder, die ook op kleine schaal aan kunsthandel deed, om zich verder te bekwamen, zodat hij op een dag toegelaten zou worden tot de Académie, de noodzakelijke poort naar succes en aanzien. Samen met een paar andere jongens ging hij er bijna elke dag heen om de vorm en lichtval van potten en gedrapeerde doeken te bestuderen en verhalen aan te horen over de helden van de oudheid, die ze in al hun fysieke schoonheid en kracht moesten kunnen verbeelden. De leermeester liet werkloze mannen voor een habbekrats met een zakje om hun penis model staan. De eerste was een bleke, vadsige dronkaard met een litteken boven zijn oog als een verbaasd opgetrokken wenkbrauw. Omdat hij niet lang stil kon staan, lag hij op zijn buik en tekenden de leerlingen een stervende gladiator en een gestorven gladiator en in een iets andere houding een getroffen strijder op het slagveld, terwijl de man met zijn aan weerszijden uitdijende buik in slaap viel en ronkte en speeksel verloor.

Toen hij echt was gestorven, vertrapt door een paard zoals wel vaker op straat gebeurde, werd hij naar de Begraafplaats der Onschuldigen gebracht, waar kinderen speelden en varkens wroetten en zijn lijk door de opzichter aan een chirurgijn of anatomist werd verkocht om te worden opengesneden en in alcohol geconserveerd.

Er kwam een ander model, een schriele, kleine man met een vergroeiing aan zijn voet, die als het koud was stond te bibberen op zijn benen, terwijl hij de poses aannam van de onoverwinnelijke held, de wijze redenaar of de aantrekkelijke jongeling en de leerlingen zijn gestalte omvormden tot een ideaal lichaam.

Thuis liet Gustaphe zijn werk aan zijn ouders zien, wier trots alleen maar aanzwol. Zijn vader floot op zijn nieuwste rammelaar en zijn moeder vergat dat de ware vrouw in alles ingetogen moest zijn en prees hem in onbescheiden termen.

De eerste keer dat hij zich met kleine doeken aan de buitenwereld vertoonde was tijdens een sacramentsdag. Op een groot driehoekig plein, omzoomd door voor de gelegenheid versierde huizen met zwaaiende meisjes op de balkons, konden beginnende schilders en levenslange amateurs hun werken verkopen. Er waren portretten te zien van mensen die er ook in het echt rondliepen omdat ze familie of vrienden waren. Ze vonden het aangenaam om herkend te worden als die ene van dat schilderij daar.

Gustaphe had een paar helden uit de oudheid geschilderd en kreeg er commentaar op van mensen die kwamen kijken. De een zei met grote stelligheid dat hij op de juiste weg was, de ander dat hij zulk historisch en allegorisch werk – wat toch het hoogste was wat een schilder kon bereiken – maar beter aan de echte genieën kon overlaten. Verder leken de bezoekers vooral te zijn gekomen voor de ontspannen sfeer, de vele meisjes die zich als jonge bruiden hadden verkleed, de met groene takken versierde huizen en het plezier van het onbekommerd kunnen oordelen over wat anderen hadden gemaakt.

Zijn ouders kwamen kijken en waren verontwaardigd dat niemand iets van hun zoon wilde hebben. Later op de dag wist hij één klein werk voor een beginnersprijs te slijten aan een man die daarna zonder enige aandacht voor de andere exposanten met het doek onder zijn arm wegliep. Gustaphe had hem naar zijn naam willen vragen, wellicht was hij een geïnteresseerde die hem zou willen volgen in zijn verdere loopbaan.

Zijn ouders stierven beiden toen ze in de vijftig waren aan een ziekte waarvan hij de naam niet kende, die hun spieren verslapte en hun geest erbij. Ze wilden niet naar het hospitaal omdat het er stonk en te vol was en ze er vast nog drie andere ziektes zouden oplopen.

Na hun dood vond hij achter de gereedschapskast van zijn vader, verpakt in een katoenen lap, het doek terug.

Gustaphe is in het huis blijven wonen, op de benedenverdieping met de koer die door de hoge gevel van een gebouw erachter permanent in de schaduw ligt. Hij leeft er tussen zijn schildersezels, zijn doeken en de handhoge piëdestal waarop hij zijn modellen plaatst. In een donkere hoek achteraan staat zijn nooit opgemaakte houten bed, een bak die is doortrokken van een zure geur.

Tegen een van de zijwanden in de lange smalle ruimte staat de kast waar zijn vader zijn gereedschap in bewaarde, destijds keurig gerangschikt als een colonne soldaatjes, maar nu onderin op een hoop gegooid, met een onvoltooide rammelaar van allang niet meer gepoetst zilver ertussen, een grijnzende en knipogende narrenkop. Op de planken erboven bewaart hij zijn eigen spullen, zijn pigmenten, olie, pastels, penselen, wrijfstenen. Tegen de wand aan de andere kant van de kamer leunen zijn doeken, met de achterzijde naar voren, en uit een hoge tenen mand steken rollen papier. Op de tafel achter het raam aan de straatkant, waar zijn vader voorovergebogen had zitten werken, liggen inmiddels een berg kleren, een stapel papier en een paar paletten vol opgedroogde verf.

Tussen de kamer en de koer met het gemak is een kleine ruimte die ooit herkenbaar was als keukentje, toen zijn moeder er nog groente sneed en naar de zon verlangde.

Gustaphe heeft met zichzelf afgesproken zich nooit aan een vrouw te binden, maar zich te wijden aan zijn schilderkunst, en hoewel hij beseft dat een groot talent een zegen is en een klein talent een vloek, blijft hij ervan overtuigd dat zijn talent groter moet zijn dan zijn erkenning. Het is ongetwijfeld een kwestie van nepotisme waardoor hij erbuiten blijft staan, terwijl de Académie wel die veelbesproken madame toeliet van wie hij nog nooit werk heeft gezien en van wie opvallend veel mensen beweren dat niet zij maar haar man haar kunstwerken maakt.

Hij geeft intussen wel les op de gratis tekenschool, wat hem een inkomen verschaft en een aardige keuze jonge vrouwen die model voor hem willen staan en tevreden zijn met een brood als beloning, want het brood is duur geworden, zelfs duurder dan de doorsnee wijn. Hij heeft nooit de indruk gekregen dat ze er bezwaar tegen hadden als hij ze na afloop van een poseersessie op zijn bed penetreerde.

Hij houdt van hun bekoorlijke jeugdigheid en beseft des te meer dat het hem onmogelijk is te trouwen, want een keus voor één van hen zal altijd gepaard gaan met spijt, omdat het ook een ander had kunnen zijn.

Twee van zijn modellen bleek hij zwanger te hebben gemaakt, maar hij kon niets voor hen doen, heeft hij gezegd, omdat zijn kunst voorging en ze er zelf bij waren toen het gebeurde. Wel gaf hij hun een onverkocht schilderij waarop ze stonden afgebeeld als iemand anders. Zo'n doek zou alleen maar meer waard worden, verzekerde hij hun.

Op de gratis tekenschool is hij inmiddels bevorderd, hij moet toezicht houden op het functioneren van zes andere leraren. Hij kan het niet nalaten in het café waar hij bijna elke avond en soms ook 's middags komt tegen zijn kameraden te zeggen dat hij zes mensen onder zich heeft, alsof die zes hem als een menselijke toren dragen en hij bovenaan in evenwicht wordt gehouden, zwaaiend naar wie hem daar ziet staan. De meeste leerlingen hebben trouwens geen talent, vindt hij, ze zijn grauwe middelmaat, veel jongens komen alleen om betere werktekeningen te leren maken en de meisjes en vrouwen verliezen zich in gepriegel en getut. Sommigen lijken te schilderen omdat ze daartoe zijn veroordeeld. Enfin, ze zijn geschikt als model en meer nog, ze voelen zich heel wat als ze in zijn atelier annex woonkamer annex slaapkamer in een fraai geplooid oud gordijn waaruit één borst steekt met een diepe blik staan te staren naar een spinnenweb aan het plafond, hun gezicht zo veel mogelijk in een van de standen uit een beroemd oud boek met voorgetekende expressieve uitdrukkingen, terwijl Gustaphe hen schildert, de wondjes en de wratjes weglaat en hun evenbeeld van een mythische naam voorziet.

5

Van haar tiende tot haar zestiende maakt de vondelinge de vloeren van de gangen, de refter en de keuken schoon, ze kent elk patroon, elk barstje, ze kent de hardnekkige vlekken van platgetrapte en gedroogde bonen en gestolde fluimen, de modder die mee naar binnen wordt gelopen, ze ziet hoe stof aan elkaar kan klitten als ademlichte zwevende balletjes, die door een plens water in een treurig hoopje vuiligheid veranderen, ze kuiert schrobbend het sop achterna tot op de binnenplaats, waar ze als enige buiten de vaste luchttijden mag komen om het natte vuil naar de goot te dirigeren. Vaak zitten er een paar oude mensen, of de verwarden lopen er rondjes, ze mag hen niet aanspreken, hoewel ze haar willen lokken met hun schurende keelgeluiden en het gezwaai van hun magere armen.

Er is een lange slungel bij die op een bank gaat staan en een luide toespraak houdt waarvan ze alleen verstaat dat volgens hem de wereld zal vergaan met alles erop en eraan en dat niemand tegen hem moet komen zeggen dat hij niet heeft gewaarschuwd.

De vondelinge bezemt het sop naar de open goot, die zwart ziet van het vuil en kijkt toe hoe de belletjes hardnekkig wit en glinsterend de obstakels omzeilen, tot ze knappen.

Omdat ze eindelijk wel eens de zinnen wil kunnen lezen die in de gangen op de wanden staan geschilderd, vraagt ze aan de non met de negen vingers, terwijl ze een paar willekeurige woorden aanwijst, wat die betekenen.

– Daar staat Veni Creator, zegt die, maar ik heb nu even geen tijd.

De volgende dagen ontrafelt de vondelinge de letters tussen het dweilen door, de vogel met een slingerlijn aan zijn vleugels, die als v klinkt, de o als een hoekige lus, de dunne i met haar los zwevende kopje. Ze prent de ingewikkelde letters in haar hoofd en probeert andere woorden te vinden met dezelfde klanken erin, ervan uitgaand dat de rest van de zin dezelfde is als wat al jaren geleden in haar hoofd is gestampt en met Veni Creator begint, dus die letters stopt ze ook in haar hoofd.

Als ze 's avonds niet in slaap kan komen, vindt ze de v terug in de botten onder haar hals, de o in haar navel en de i in de spleet tussen haar benen.

Omdat haar lichaam almaar bedekt moet blijven, leren haar vingers kijken. Ze maken de eerste nieuwe haartjes rond haar i mee en het groeien van twee harde schijven tot zachte borsten met soldaatjes erop om ze te bewaken.

Ze vindt bloed in haar bed en daar blijkt ze zich niet zo schuldig over te hoeven voelen als destijds over het bedplassen. Begeleid door wat onduidelijke opmerkingen over de noodzakelijke zuiverheid en terughoudendheid van een meisje krijgt ze lappen toegestopt die ze tussen haar benen moet dragen zolang het bloedt en in een speciaal daarvoor ingericht washok moet uitspoelen en ophangen. Als ze daarheen loopt ziet ze door een ruit in een deur kinderen zitten, veel jonger dan zij, die leren lezen en schrijven.

Ze vraagt aan de non met de langste naam waarom ze niet mag leren lezen en schrijven. Er staat een jonge non bij, een nieuwe die ze niet eerder heeft gezien en aan wie ze niet wordt voorgesteld. Het lijkt of de nieuwe geen echte non is, zo wezensvreemd hangt de grove stof van haar habijt om haar heen.

De non met de langste naam zegt dat het is om te boeten en als de vondelinge vraagt waarvoor begint ze over jaren geleden, over wat de vondelinge het grote meisje heeft aangedaan en dat iedereen dat altijd heeft geweten.

– Zij heeft míj iets aangedaan.

Het klinkt als een uitvlucht, ze krijgt meteen te horen dat ze de schuld niet bij een ander moet zoeken en dat ze het zelf wel het beste zal weten.

Later probeert de vondelinge zich vaak de eerste keer voor de geest te halen dat ze de nieuwe heeft gezien, zich te herinneren hoe ze naar die jonge vrouw die ze nog niet kende heeft gekeken. Ja, ze keek schielijk naar haar boezem in haar habijt, die tussen haar hals en haar heupkoord een amorfe massa vormde alsof ze een kussen had verstopt, ze keek naar dat bolle blozende gezicht in een kap die met moeite al dat leven in bedwang hield, ze keek naar haar voortanden, de ene een beetje over de andere heen geschoven, alsof ze het goed met elkaar konden vinden, die voortanden.

Een paar dagen later moet ze naar de kamer van de nieuwe komen. Het is een kleine kamer op de benedenverdieping, aan het eind van de gang. In het glas-inloodraam zit veel roods, dat door de zon op haar bureau wordt geworpen. Op een tafeltje liggen een stuk of tien bruinleren boeken met glimmend gouden titels.

De nieuwe wijst naar een rechte stoel naast het bureau, er is geen andere stoel dan deze, behalve dan de bureaustoel waar de nieuwe al op zit.

De vondelinge parkeert haar benen stijfjes tegen elkaar aan, pikt met duim en wijsvinger een pluisje van haar rok, vouwt haar handen en wacht op de dingen die gaan komen.

– Ik heb de opdracht gekregen jou onder mijn hoede te nemen, hoort ze, en dat klinkt meteen zo beschermend dat ze ontspant.

– Ik wil leren lezen. Ik wil weten wat iedereen opschrijft.

Er zitten donkere ogen in het hout van het bureau. Op de vloer ligt een veldje groen licht.

De nieuwe wil haar dat wel bijbrengen. Om haar uit het strafkamertje te houden, zegt ze.

– Maar ik heb daar veel geleerd.

– Ja ja, dat is de bedoeling.

– Ik heb er geleerd dat je niet tegen de wind in een laken moet ophangen.

De nieuwe laat een hoog lachje uit haar mond ontsnappen dat even door de kamer blijft fladderen.

Ze ziet er nog zo jong uit en alles aan haar is mollig, mooi mollig, alleen haar wipneus is smal.

– Je observeert me, zegt ze, je bent nieuwsgierig.

– U heeft een neus waar ik vrolijk van word.

Weer laat ze een hoog lachje ontsnappen.

Ze zegt dat ze haar Catho zal noemen, met de klemtoon op de a, omdat ze niet van lange namen houdt en Catho een geschikte afkorting is, en dat ze zelf ook een te lange naam heeft, met veel tierlantijnen eraan, terwijl ze de tierlantijnen van haar jeugd heeft afgezworen, maar ze wil ook niet met te veel heiligen worden opgescheept, dus hier in deze kamer, en zonder het woord zuster ervoor, heet ze Berthe en verder niets, maar aan de andere kant van de deur heet ze wat haar positie tegenover de kinderen voorschrijft.

– Berthe, zegt Catho.

– Catho, zegt Berthe.

Ze heeft de opdracht gekregen zich met Catho te bemoeien, want er moet het een en ander gebeuren, wil die over een poosje een betrekking krijgen en een meesteres. Ze heeft gezegd dat ze zich over haar zal ontfermen en zal zien wat er met haar te beginnen valt, en Catho zegt dat ze meewerkt. Ze broeit van voldoening, omdat ze met deze Berthe samen mag zijn, die van alles met haar wil beginnen en haar bij een naam noemt die alleen zij tweeën zullen bezigen.

Berthe vraagt hoe het zit met het kind dat zich over haar heeft beklaagd en ze vertelt dat dat meisje haar ooit lang geleden pijn heeft gedaan, maar dat ze daardoor goed had kunnen oefenen in geen pijn voelen. Pijn betekent dat je niet dood bent.

– En wat deed jij, deed jij iets terug?

– Niets.

– Dat is niet veel, zegt Berthe, terwijl ze vooroverbuigt en er een vurige lichtvlek op haar kleine neus valt.

– Ik kan tegen pijn, zegt Catho.

– Wat hebben ze met je gedaan?

– Niets.

Haar ogen onderzoeken Berthes gezicht, de glimlach en de rode vlek op haar neus, de zachte vulling tussen vel en botten. Berthe zal in alles tevreden over haar moeten zijn en moeten zeggen dat ze niet had verwacht dat er zoveel in haar zat dat er nu uit komt omdat zij het eruit haalt en ernaar zal kijken en zal zeggen dat ze wel verwachtte dat dit in haar zat.

Dat ze de vloeren schrobt, zegt ze, en dat de anderen er dan overheen lopen en dat ze die dan opnieuw schrobt en dat ze in de keuken helpt, maar een keer een lepel meenam, waarvoor ze werd gestraft, en dat ze niet alle woorden kan onthouden die ze uit hun hoofd moeten kennen en dat er maar een paar letters zijn waarvan ze zeker weet hoe die klinken.

Als Berthe vraagt of ze ergens trots op is aarzelt ze even en zegt dan dat ze jaren geleden, in dat strafkamertje, waar ze dus inderdaad vaak zat, wat ze eigenlijk prettig vond omdat dan niemand zich met haar bemoeide, dat ze, toen ze nog echt een kind was, probeerde op haar handen te staan met haar voeten tegen de muur, bijna zo lang als het Misearatur duurde en dat dat lukte en dat het haar voor het eerst een ongekend gevoel van vrijheid gaf en dat ze toen, dat ze zich toen afvroeg wat er nog meer kon zijn dat haar vrijheid gaf, maar dat ze dit aan niemand heeft verteld omdat op je handen staan toch niet echt nodig wordt gevonden en ook niet gepast, dus het is iets wat niemand weet.

Een wolk haalt het groene veldje licht en de rode toef op het bureau weg.

Berthe vraagt haar of ze het nog steeds kan, op haar handen staan, en ze zegt dat ze het al wel drie jaar niet meer heeft gedaan en dat ze nu ook een stuk langer is geworden en Berthe vraagt of ze het voor haar alleen toch nog een keer wil doen, en hoewel het zo lang geleden is en nog nooit iemand heeft gekeken en het vast niet goed gaat als iemand naar haar kijkt terwijl ze het doet, omdat alles altijd het beste gaat als niemand kijkt, zegt ze toe, omdat het voor Berthe is en voor niemand anders, ze wil graag iets doen voor Berthe alleen, iets waar Berthe haar om vraagt, daarom probeert ze het, met haar lijf dat zoveel langer is geworden en haar borsten die last hebben van de zwaartekracht, het gaat vijf keer mis en vijf keer zegt ze: Ziet-u-wel-ik-kan-het-niet-meer-en-vroeger-kon-ik-het en de zesde keer staat ze daar op haar handen met haar voeten tegen een blinde wand aan en zegt ze in één teug: Misereatur-mei-omnipotens-Deus-et-dimittat-mihi-omnia-peccata-mea-liberet-me-ab-omni-malo-salvet-et-confirmet-in-omni-opere-bono-et-perducat-me-ad-vitam-æternamamen, waarna ze haar voeten weer naar de vloer laat vallen.

Berthe observeert haar rode hoofd, staat van haar bureaustoel op en legt haar handen op Catho's benige schouders. Ze zegt dat het tussen hen tweeën alleen maar de goede kant op kan gaan.

– Ik wil leren lezen en schrijven.

Ja, dat zal ze haar leren, Berthe zal tegen haar overste zeggen dat Catho vier keer per week op haar kamer moet komen om aan haar toekomst te werken en ze zullen niets zomaar doorvertellen, zij tweeën, omdat alles waar in deze kamer aan wordt gewerkt alleen hun zaak is. Ze zal over haar waken, zegt ze, terwijl ze Catho's dunne handen beetpakt.

– Mooie handen. Je hebt handen om klavecimbel te spelen.

6

De werkplaats en bescheiden woning van Tobias de instrumentmaker vullen zich met het geluid van Gisèles voetstappen, met haar licht nerveuze manier van praten en de geuren van gerechten die hij niet eerder heeft gegeten, terwijl zij ze al kent sinds haar jeugd.

Ze is zoals hij zich een vrouw heeft gedacht, van porselein, iemand om te beschermen en te koesteren, iemand voor wie hij de buitenwereld is, terwijl zij de binnenwereld blijft. En hij is trots op zichzelf, omdat hij in deze stad, waarheen hij op goed geluk vertrok, heeft gevonden wat hij zocht. Voor hem mag de tijd nu stilstaan en mag alles zo blijven.

Gisèle houdt van de kaneelachtige geur in de werkplaats en van de manier waarop Tobias bepaalde woorden uitspreekt, met getuite lippen, of hij haar zoenen wil. Soms zoekt hij naar een woord en gebruikt hij zijn moedertaal en ze luistert, maar verstaat hem niet.

Ze helpt in de winkel en heeft geleerd als een halve deskundige met de klanten te praten, al kan ze er aanvankelijk niet goed tegen dat keurig ogende dames ongegeneerd door de ruit naar haar en de instrumenten loeren zonder naar binnen te komen, maar Tobias zegt dat het erbij hoort, dat ze een volgende keer over de drempel zullen stappen, ze kan de vrouwen achter de

ruit beter bemoedigend toeknikken, wenken wellicht.
– Misschien kunnen ze niet spelen, zegt Gisèle.

Wie serieuze aanschafplannen heeft blijft altijd langer, om de pianofortes die te koop staan uit te proberen en met Tobias, die er dan bij wordt geroepen, te praten over de klankkleur, of die naar klokken neigt of naar metaal, wollig lijkt of eerder scherp en hoe gevoelig voor snelle loopjes de aanslag is. Tobias en Gisèle genieten ervan als er een professioneel muzikant binnenkomt of een amateur met een bijzonder talent. Wanneer zo iemand begint te spelen zetten ze de winkeldeur open en zien ze voorbijgangers halt houden op de kasseien om te luisteren naar de muziek die naar buiten stroomt, terwijl ze de acrobatiek van de geoefende vingers proberen te volgen en onwillekeurig hun eigen vingers laten meespartelen.

Na afloop van zo'n sessie, als het publiek weer is doorgelopen en de winkeldeur gesloten, opent Tobias steevast een fles goede wijn waarvan ze met evenveel enthousiasme de geur en afdronk becommentariëren.

Op een keer, het is het tweede jaar van de vrijheid, komt een blozende vrouw binnengewandeld, met een opvallend kleine wipneus in haar volle gezicht. Haar ogen dwalen over de tentoongestelde instrumenten en over een gravure aan de wand met het mechaniek van de eerste pianoforte. Ze zegt dat ze in geen jaren klavecimbel heeft gespeeld en al helemaal nooit pianoforte, dus dat ze zich enigszins beschroomd voelt, maar dat ze het zo graag eens wil proberen.

Tobias is niet thuis, Gisèle kan hem er niet bij roepen, ze hoopt hem, als hij straks terugkomt, te kunnen vertellen dat ze een instrument heeft verkocht, ze zegt met overtuiging dat het geen enkel probleem is om over te schakelen op een pianoforte, het is het instrument van de toekomst, zegt ze, en ze kijkt erbij alsof ze daar al is geweest en het zelf heeft gezien.

De vrouw gaat voor het fraaiste exemplaar zitten, danst even met haar vingers boven de toetsen zoals voorzichtige zwemmers met hun tenen koud water naderen en speelt dan aarzelend de melodie van een lied dat Gisèle meer dan eens in de straten heeft horen zingen.

– Ik kan het nog, zegt ze, en ze kijkt Gisèle dankbaar aan. Meteen besluit ze het instrument te kopen.

Gisèle stelt voor een fles wijn te openen om samen met haar klant op de aankoop te klinken, zo doen ze dat altijd.

Ze zitten ieder op een kruk en komen aan de praat, eerst aftastend, want ze weten allebei dat ze, nu de vrijheid een jaar regeert, oplettend moeten zijn om niet ongevraagd in een vijandig kamp te worden geplaatst, maar na twee glazen groeit het vertrouwen, en als Gisèle vraagt of ze kinderen heeft, antwoordt de vrouw dat ze een non is geweest en in een hospice voor wezen heeft gewerkt, het was geen eigen keus, zegt ze, ze heeft het achter zich gelaten, maar weet nog niet zeker wat ze nu het beste kan doen. Gisèle zegt ter geruststelling dat de pianoforte, ook als ze zou ophouden met musiceren, een goede aanschaf zal blijven. Maar o nee, dat is nu net iets wat ze wel zeker weet, dat ze niet meer moet leven zonder te musiceren, zoals de afgelopen jaren het geval was.

Ze kijken elkaar met een aftastend glimlachje aan.

– Nieuwe tijden, zegt de vrouw.

– Ik maak me wel zorgen, bekent Gisèle haar, en ze vertelt dat haar man uit het buitenland komt, wat te merken is aan zijn naam en zijn accent, en dat ze zich soms vragen stelt over de groeiende vijandige sfeer tussen de twee landen, zeker nu meer en meer mensen daarheen vluchten die tegen de nieuwe vrijheid zijn of zich erdoor bedreigd voelen. Ze hoopt maar dat haar man niet ooit als een vijand zal worden behandeld, terwijl hij toch het beste van zichzelf geeft.

De vrouw legt haar hand even op Gisèles rok. Ze zegt dat ze weet heeft van die ene pianofortebouwer wiens winkel kort en klein is geslagen. Mochten zij en haar man ooit problemen ondervinden, dan kunnen ze bij haar terecht. Ze zal in ieder geval haar adres achterlaten. En Gisèle kijkt naar de blozende wangen van de vrouw en vraagt zich af waarom iemand die ze nauwelijks kent zo'n aanbod doet.

Als Gisèle informeert of ze personeel heeft om de pianoforte op te komen halen, zegt ze dat haar enig overgebleven huisbediende geen bediende meer is maar voor haar een gelijke, en Gisèle zegt dat een gelijke toch nog wel kan sjouwen, maar dat wil de vrouw hem niet meer vragen.

Daarom draagt Tobias een paar dagen later samen met zijn knecht het instrument naar de hoek van hun straatje waar het op een paardenkar wordt geladen. De knecht neemt plaats naast de voerman.

Hij komt later terug dan verwacht. Ze zaten weer eens in een verkeersopstopping, zegt hij, een fiaker was met te grote snelheid de hoek om gereden en had een groentekar geschept en de groenteman erbij. Terwijl gewacht werd op vervoer naar het hospitaal, had zich rond de amechtig op zijn rug liggende man een wijde cirkel nieuwsgierigen gevormd en schoten snaaiers naar voren om uien en pastinaken weg te grissen.

Gisèle wordt door Tobias als een goede leerling geprezen. Ze heeft de duurste pianoforte die ze op voorraad hadden verkocht. Maar dat gedoe met die fles wijn, dat had niet gehoeven.

7

Een tijd lang legt Gustaphe zich toe op het schilderen van vrouwen die in paniek in wassend water staan. Later, als de eerste opstanden uitbreken die alle verhoudingen in het land op hun kop zetten, komt het hem voor dat hij met zijn schilderijen de toekomst heeft voorzien, de onrust die het verleden zal wegspoelen en de bange, maar hoopvolle blik die op de betere tijden buiten het doek is gericht.

Hij werkt een poos bij een instrumentmaker, beschildert daar de kleppen van klavecimbels met mythische figuren en goed geproportioneerde vrouwen, hopend dat wie daar al musicerend naar kijkt, zal vergeten te spelen, omdat het schilderij mooier is dan de muziek.

Het verdient goed, een redelijk percentage bij verkoop, en die verkoop loopt wel, maar hij begint zich te ergeren aan de instrumentmaker, aan zijn zwijgzaamheid en, als hij wel wat zegt, aan zijn plompe buitenlandse accent. Kon de man niet enigszins moeite doen om de woorden uit te spreken zoals ze bedoeld zijn? Bovendien wil hij opeens geen schilderijen meer op de kleppen van zijn klavecimbels, de klank is het enige, zegt hij. Enfin.

Daarna begint Gustaphe met portretten, hoewel hij die een knieval vindt voor wat de klant wil, en hij heeft al helemaal geen zin om ijdeltuiten te vereeuwigen met een kapsel dat nog geen zuchtje wind kan verdragen of het staat al op instorten samen met alles wat er in en op gestoken zit, hele vogelnesten en bloemperken, al die onzin die niets te maken heeft met het enige wat hem in een portret aantrekt: het glimlicht in de ogen en de stand van de mond.

Zo komt hij in de koude winter die aan het eerste jaar van de vrijheid voorafgaat op het idee om gevangenen in het fort met de acht torens te portretteren, de tot de harde waarheid teruggebrachte gezichten die, als hij de verhalen moet geloven, getekend zijn door de jammerpoel waarin ze zich bevinden. Het zal moeite kosten, veronderstelt hij, om het gevangenisbestuur te overtuigen van de artistieke en maatschappelijke waarde van zijn schilderkunst, maar het zal ongetwijfeld een groot effect hebben als de toeschouwer van zijn werk de confrontatie aangaat met deze hel op aarde, geen gefantaseerde hel, maar een echte, volgens de verhalen.

Daartoe weet hij een afspraak te regelen met de gouverneur van het fort, een markies die hem ontvangt in een kamer grenzend aan het voorplein van de gevangenis, waar zijn ondergeschikten, veteranen in uniform, hun kleine parades houden. Het is een al wat oudere man van stand die als vanzelfsprekend gezag zit uit te stralen, hij zal nog evenveel gezag uitstralen als hij niets anders meer te doen heeft dan aanwezig te zijn.

Gustaphe poetst zijn woorden op om het belang te onderstrepen van kunst die de werkelijkheid vat in plaats van de mythen van de oudheid, hij vraagt of hij toestemming kan krijgen om in het fort enige schilderijen te verwezenlijken, en als de gouverneur polst of hij lid is van de Académie zegt hij: Jazeker. In dat geval is het bespreekbaar, er zitten een paar gevangenen van adel achter de muren die wellicht geïnteresseerd zijn in een portret, al is er wel een voorwaarde aan verbonden en die is dat Gustaphe eerst hém portretteert, bij wijze van vergoeding voor de gunsten. Gustaphe gaat akkoord en in drie lange sessies waarbij de gouverneur nauwelijks voor andere zaken wordt gestoord, staat zijn portret op het doek. Bij een volgend bezoek krijgt hij toestemming om de binnenplaats van het fort te bezichtigen. Hij loopt omringd door vier veteranen de ophaalbrug over, voorzichtig om niet uit te glijden over de opgevroren sneeuw. Zijn adem wolkt van de kou.

Op de binnenplaats ziet hij kleine ramen in de hoge muren. Hij ziet twee gevangenen heen en weer lopen, mannen van in de dertig, schat hij, de een tanig en lang, de ander gezet. Ze dragen geen gevangeniskleding. Het ontgaat hun niet dat er iemand staat rond te kijken alsof hij een kathedraal bewondert, terwijl de kou hem een dronkemansneus bezorgt.

Hij vraagt aan de veteranen of hij naar binnen mag, maar daar hebben ze geen mandaat voor gekregen, zeggen ze. Of er ook vrouwen vastzitten, vraagt hij, en ze antwoorden dat er alleen negen mannen verblijven, het fort is te groot en te onpraktisch geworden om als gevangenis te dienen. De munitie kan wel ergens anders opgeslagen liggen en de kanonnen op de torens doen het niet eens meer goed. De boel zal gesloten en afgebroken moeten worden zodat er plaats komt voor nieuwbouw.

Op momenten dat Gustaphe de slaap niet kan vatten, ligt hij zich af te vragen of hij meer succes zal genereren als hij in de voetsporen treedt van wie al succesvol is of als hij juist iets anders verzint dan zij. De meest besproken schilder maakt immense doeken vol symboliek en heroïek en treurend neergeknielde vrouwen, voor zulk vertoon heeft hijzelf alleen al praktisch gesproken niet eens de ruimte. En kleiner werk, dat de gegoede burgers graag in hun interieur willen hangen, liefst een portret van zichzelf of hun kinderen, laat zich inmiddels moeilijk verkopen, nu die mensen net als iedereen meer en meer op hun geld moeten letten.

Zijn plannen om het helse leven in het fort te verbeelden lopen op niets uit. Enfin.

Een paar maanden na zijn bezoek aan het fort verneemt hij dat die gevangenis is ingenomen door een grote menigte op zoek naar munitie en dat de gouverneur jankend van angst werd meegesleept naar het stadhuis, waar een vakkundig beenhouwer hem op straat heeft bewerkt. Zijn hoofd is rondgedragen, hetzelfde hoofd dat Gustaphe zo goed heeft bestudeerd.

Het handjevol gevangenen is in triomf buiten de poort gebracht, meegetroond in de optocht en daarna weer aan hun lot overgelaten. Gustaphe is er niet naar gaan kijken, maar een week later ziet hij in het café waar hij zo vaak komt een lange tanige man zitten die hij vaag herkent van zijn bezoek aan de binnenplaats. De man blijkt in het fort te hebben gezeten voor valsemunterij, waardoor Gustaphe hem meteen als een kunstbroeder beschouwt, want wie op een overtuigende manier geld kan vervalsen heeft talent.

De man heeft geen plek om te overnachten, hij slaapt onder een brug, zegt hij, en Gustaphe vindt na zes glazen wijn dat hij hem mee naar huis moet nemen, hij biedt hem de eerste verdieping aan, daar staat nog een oud bed, en een tafel met twee stoelen waarover de kleren van zijn moeder hangen.

Met een oude halsdoek die zijn moeder vaak heeft gedragen slaat zijn logé de spinnenwebben weg. Hij vindt het een uitstekende plek, tijdelijk natuurlijk, hij zal ervoor betalen zodra hij weer geld heeft.

Als Gustaphe in zijn bed ligt hoort hij zijn gast heen en weer lopen, wel een uur lang, en begint hij zich af te vragen waarom hij de valsemunter mee naar binnen heeft gebracht. Misschien omdat hij nog steeds dacht dat de man aan de hel was ontkomen, of omdat die in staat is om geld te maken, misschien omdat hij hem vertelde van zijn connecties in de beste artistieke kringen, of alleen maar omdat hijzelf zoveel heeft gedronken dat zijn oordeelsvermogen flink is aangetast.

Na een maand heeft Gustaphe genoeg van de klaploper en vraagt hem te vertrekken, omdat hij niets betaalt, zelfs niet met vals geld, en de man zegt dat hij meteen zal betalen en hem bovendien met zijn kunstvrienden zal laten kennismaken. En zo komen er op een avond vijftien mensen bij hem over de vloer, nog nooit hebben er zoveel tegelijk in zijn kamer gestaan. Ze leunen tegen de kast die ervan gaat kreunen en tegen de schilderijen die hij heeft opgehangen om hun aandacht te vangen.

Het gezelschap kent elkaar zo goed dat het weinig aanstalten maakt om zich aan Gustaphe voor te stellen. Het lawaai van de stemmen is onontkoombaar, het mengt zich met de stemmen op straat en wordt een kluwen van drank en drift.

Er is een jonge vrouw die interesse in Gustaphe toont, omdat ze meent dat hij erbij was toen de gevangenen uit het fort werden bevrijd, ze zegt dat ze het belangrijk vindt om samen te werken met de gewone mensen en dat het goed is om nu eens in een wijk te komen waar ze anders nooit komt en ze vraagt of het niet spannend was om bij zo'n bevrijdingsactie als het ware voor zichzelf uit te lopen, ze vindt het fantastisch dat die vreselijke gevangenis nu niet meer bestaat en Gustaphe zegt dat het op zich wel een interessant bouwwerk was met veel geschiedenis. Ze glimlacht en zegt dat je sommige geschiedenissen maar beter kan afbreken. Nu het gebouw er niet meer staat, zal de herinnering eraan ook wel verdwijnen. Meteen maakt hij een zwierige overgang naar haar tastbare aanwezigheid, die wat hem betreft niet hoeft te verdwijnen, terwijl hij op de rand van zijn bed gaat zitten en de vrouw tegen zich aan trekt. De andere aanwezigen worden behang voor hem, net als zijn vader heeft hij alleen nog maar oog voor de details.

Als hij een halfuur later weer de kamer in kijkt, ziet hij dat alles wat op zijn tafel lag in één zwier op de grond moet zijn geveegd. Een van de vrouwen, eigenlijk nog een meisje, ligt op het lege tafelblad, volledig naakt. Uit haar navel steekt een brandende kaars.

Het dronken gezelschap om haar heen houdt haar vast, ze lijken een ritueel uit te voeren, ze is een altaar waarop kaarsvet druppelt, het meisje probeert haar handen los te wrikken en als dat eindelijk lukt, grijpt ze de kaars beet, tilt haar hoofd moeizaam op en blaast hem uit.

Diep in de volgende dag wordt Gustaphe wakker, met een stroeve keel. Hij is de enige aanwezige in zijn huis van leem en steen. Niemand ziet hoe hij in zijn logge hoofd zijn hersenen terugzoekt, zijn lamme linkerarm weer in beweging probeert te krijgen, zijn kamer langzaam herkent als zijn kamer, zijn beddengoed op een plakkerige hoop naast zijn bed terugvindt, het bleke middaglicht in de lege flessen ziet schijnen, het met braaksel overgoten schilderij ziet staan van een vrouw in wassend water, en de woeste zon op de vloer ziet liggen, van zuiver antimoongeel pigment dat uit de halfopen gereedschapskast is gevallen, waar de onvoltooide nar naar hem knipoogt.

8

Vier keer per week bezoekt de vondelinge de kamer van Berthe aan het eind van een gang op de benedenverdieping.

Ergens naar uitkijken, dat kende ze niet eerder. Ze leefde haar dagen zoals die op haar waren afgekomen, maar nu vult haar verbeelding de tijd op die er nog niet is en brengt ze zichzelf telkens in gedachten bij Berthe. Buiten die steeds vertrouwder wordende kamer laat ze niets blijken van haar opwinding, daar spreekt ze de nieuwe aan met de beleefdheid die de regels voorschrijven en krijgt ze niet meer aandacht dan de anderen, maar het heimelijke besef dat er iemand werkelijk over haar waakt en dat ze elkaar bij een naam noemen die niemand anders in het hospice gebruikt, geeft haar de glans van een uitverkorene.

Met geduld en aandacht leert Berthe haar de letters van het alfabet te schrijven, eenvoudiger en ronder dan die in de gangen. Eindelijk is Catho in staat willekeurig welk woord dat ze kent op papier achter te laten waar het rustig blijft staan en zich laat lezen in haar almaar soepeler handschrift.

In het begin houdt Berthe haar hand vast om het schrijven te sturen, maar meer en meer laat ze haar pupil haar gang gaan, terwijl ze over haar schouders meekijkt en de lijnen en lussen op het papier volgt alsof ze niets wil missen van het wonder van geletterd worden. Catho zegt dat ze haar altijd dankbaar zal blijven om wat ze nu voor haar doet, ze zegt dat ze alles wil doen wat haar gelukkig kan maken, en dan stelt Berthe voor dat ze aan het eind van elk bezoek hun verbond bestendigen doordat Catho op haar schoot komt zitten.

Als het einde van het bezoek nadert gaat Catho, die even groot is als Berthe, maar wel lichter, schrijlings op haar schoot zitten.

– Zullen we een soort zussen zijn, zegt Berthe.

En Catho kijkt naar Berthes vriendelijke voortanden, haar mond is een halve maan, een vinger schrijft de letter e op Catho's wang.

Als ze ver genoeg gevorderd is mag Catho een willekeurig boek uit de stapel halen om een stukje uit voor te lezen. Ze leest, soms struikelend, van alles door elkaar, over het leven dat als een kind is dat gewiegd moet worden tot het inslaapt, over beledigingen die de argumenten zijn van wie ongelijk heeft, over drie machten die van elkaar gescheiden horen te zijn en dat een man niet in zee moet gaan met een vrouw die boeken schrijft, ze leest brieven die niet voor haar bestemd zijn, maar wel gedrukt staan om door iedereen te worden gelezen, ze leest over hoe de hoofdstad in elkaar steekt en waar de rivier die er als een kromme ruggengraat doorheen loopt naartoe gaat, ze leest over een held die lang geleden twaalf opdrachten tot een goed einde bracht, over merkwaardige gezwellen leest ze, over het mengen van verf en het bakken van potten en vazen, over de komst van de aardappel van ver over zee, en dat aderlatingen voorbijgestreefd zijn, ze leest over harten die verkeerd worden begrepen, over de nacht van de ziel en de uitvinding van de glasharmonica.

Terwijl ze zo hardop aan het lezen is, knikt Berthe instemmend of geeft ze haar mening en vraagt ze Catho om een mening, en Catho zegt dat ze te weinig weet om een mening te hebben, maar dat ze zo blij is nu meer te weten over hoe anderen denken die zoveel denken dat ze er een dik boek mee kunnen vullen, zodat ze naar hun eigen gedachten kunnen kijken en de woorden ervan lezen en kunnen denken: dit heb ik allemaal gedacht, maar dat ze eigenlijk ook vindt dat ze zelf niet te diep moet denken, want dan val je misschien in je eigen gedachten en is het moeilijk er weer uit te kruipen, en Berthe zegt dat ze al in verschillende gedachteputten is gekropen in de veronderstelling dat daar het ware licht brandde, en dan brandde het daar toch niet, ze zegt dat het ook niet in het hospice brandt, ze had gehoopt dat de oudere nonnen in een voortdurende staat van geestelijke verwachting leefden, maar heeft de indruk dat ze niets meer echt verwachten, dat ze meer bezig zijn met de vraag of de dingen op de juiste schappen staan.

– Ik had net zo goed dood kunnen zijn, zegt Catho opeens.

Of ze dan niet aan het leven hangt, vraagt Berthe, en ze zegt dat het leven aan háár hangt en lacht erbij en raakt met haar wijsvinger het puntje van Berthes neus aan.

Heeft ze die neus van haar vader of van haar moeder, vraagt ze, en Berthe zegt dat haar neus op die van haar grootmoeder langs moeders kant lijkt, en dat Catho maar ooit de stad in moet trekken en naar alle neuzen kijken om iemand te vinden met net zo'n neus als zij.

Over haar ouders praat ze verder niet, ook niet als Catho het vraagt. Ze zegt alleen dat ze vroeger thuis muziek maakten. En vlekkentekeningen. Eerst spetterden ze een flinke vlek op het papier die nergens op leek en dan tekenden ze er iets bij waardoor de vlek ergens op begon te lijken.

Ze pakt een blad papier, doopt een ganzenveer in de inkt en geeft die een flinke ruk waardoor er een vlek op het blad valt. Ze wrijft er nog even in met een blauw wordende wijsvinger.

– Hier. Maak er wat van.

Catho tekent twee lange dunne poten, een vogelkop en een verenstaart.

– Een loopvogel, zegt Berthe, en daarna zegt ze: Je hebt handen om klavecimbel te spelen of pianoforte, ik heb veel klavecimbel gespeeld vroeger, we hadden er thuis een staan, op de binnenkant van de klep was een landschap geschilderd, schapen en een herdershond en veel uitzicht. Ik verbeeldde me dat al die schapen hun kop in mijn richting draaiden als ik speelde, maar ze bleven naar het gras kijken.

Catho zegt dat ze vroeger dacht dat ze als zuigeling uit de lucht was gevallen.

– Hebben ze je ooit verteld hoe je hier bent gekomen?
– Nee.
– Zou je het willen weten?
– Toch wel.

Ze hoort het de volgende keer dat ze samen zijn. Nu weet ze dat het de non met de negen vingers was die haar heeft binnengebracht nadat ze op de stoep van een kerk was gevonden. Berthe noemt de naam van de kerk.

– Niet ver van de rivier, zegt ze. Maar misschien ben je toch wel uit de lucht komen vallen, met je hoofd naar beneden.

Catho vraagt of ze Berthe een keer zonder kap mag zien en Berthe toont haar haren, die plat en benauwd op haar hoofd liggen. Catho maakt een kam van haar vingers en geeft ze lucht, terwijl ze de vraag krijgt toegespeeld of ze wel eens aan een man denkt, en aan wat voor man ze dan denkt en ze zegt ja, maar dat ze er geen gezicht bij ziet, dat ze soms, als niemand het merkt, een van de pilaren omhelst en streelt en doet of die een man is en dan zegt Berthe dat ze van haar schoot af moet, ze schrikt ervan, ze denkt dat ze iets verkeerds heeft gezegd, maar Berthe staat ook op, haar haren steken als richtingaanwijzers alle kanten uit, ze houdt haar brede lichaam stijf als een pilaar en Catho streelt even over de ingepakte golfjes vlees in haar zij en omhelst haar dan, ze ruikt de geur van haar hals onder haar oren. Zo staan ze daar een poosje tot Berthe weer zo'n fladderend lachje laat ontsnappen.

De gangen moeten nog geschrobd, het vuil moet nog naar de goot op de binnenplaats, daar waar de ouden en de verwarden hun rondjes draaien.

Zo gaat het als vanzelfsprekend door. Ze lezen elkaar voor, ze praten met elkaar, de een vertelt over het leven buiten het hospice, de ander zit op schoot en als de ander vertrekt omhelzen ze elkaar en noemen elkaar zussen. De een vertelt de ander over de onrust in de stad, dat er hevige protesten zijn, dat er bakkers worden overvallen, dat zelfs het fort met de acht torens dat iedereen kent, het fort waar iedereen over spreekt omdat het voor de massa gevangenen die erin zouden zitten de hel op aarde zou zijn, terwijl er maar negen gevangenen in bleken te zitten, die nog konden lachen, dat dat fort tot de grond toe is afgebroken, van boven tot beneden als een langzaam afzakkende reuzenbroek. En dat een menigte van vooral vrouwen de koning uit zijn kasteel is gaan ophalen om hem naar de hoofdstad te brengen, alsof alleen al zijn lichamelijke aanwezigheid genoeg brood op de plank brengt.

Er zijn nieuwe tijden aangebroken, buiten het hospice zindert het van de verwachting, de stenen van die afgebroken gevangenis zijn overal te koop als herinnering, ook zij heeft er een die ze laat zien, een zware brok steen die als presse-papier dient en die zonder verhaal niet meer is dan een zware steen. Ze vertelt dat ze 's avonds laat als iedereen slaapt en ze geacht wordt een van de slaapzalen te bewaken, in plaats daarvan weer burgerkleren aantrekt en ongemerkt het hospice verlaat via een deur aan de binnenplaats, om erbij te kunnen zijn als in de cafés de toestand wordt besproken en de toekomst waarin het niet meer zal uitmaken wat iemands achtergrond is omdat iedereen gelijk is. En de vondelinge luistert en denkt dat gelijk zijn betekent dat iedereen dezelfde kleren aan moet, zoals in het hospice.

Op een middag wordt ze bij de non met de langste naam geroepen, die haar zegt dat ze nu wel in het gareel is gebracht, nu hoeft ze niet meer naar de kamer aan het eind van de gang, wat zou ze er nog moeten? De vondelinge zegt dat ze lezen en schrijven oefent en dat ze samen over heiligenlevens spreken.

Bij haar eerstvolgende bezoek aan Berthe komt de non met de langste naam achter haar aan naar binnen. Ze gaat op Berthes bureaustoel zitten. Berthe blijft staan, zet een afstandelijke stem op, pakt een boek van de stapel en wijst een alinea aan, ze noemt de vondelinge bij haar lange naam en zegt wat ze moet voorlezen, over een heilige die door haar vader in een toren werd opgesloten. De vondelinge leest voor, ze maakt expres fouten en zegt dat ze daar nog op moeten oefenen, het dringt niet tot haar door wat ze leest, wat opgeschreven staat komt haar opeens verraderlijk voor, omdat het niet te beschermen valt, iedereen die kan lezen mag lezen wat hem onder ogen komt, ook als die er niets van begrijpt, als die met de woorden gaat sollen.

Eindelijk staat de non met de langste naam op om weg te gaan. De vondelinge moet met haar mee. In de deur kijkt ze om naar haar beschermer, ze knikt nog even, maar durft de vrouw die over haar zal waken niet te lang aan te kijken.

De volgende dag ziet ze Berthe nergens. Ze is niet bij de maaltijden, ze is niet op de binnenplaats, niet in de keuken en niet in haar kamer. Een rode lichtvlek valt op het bureau, een groene op de vloer. Haar boeken zijn er ook niet meer, de steen uit het fort is er nog wel, en de veer waarmee ze schreef, de inktpot, wat bladen papier.

Ze gaat aan het bureau zitten, op Berthes stoel, en tekent de afwezige met wilde haren en scheve voortanden en een waaier van strepen rond het gezicht. Schuin achter haar tekent ze de zoon van de god die God heet, omgekeerd aan zijn kruis hangend en lachend, want het doet geen pijn.

Ze verscheurt de tekening en werpt de snippers in de lucht. Een oog landt op de stoel van Berthe, de mond op het bureau en het kruis op de vloer, midden in het groene veldje licht. De stoel waarop ze zo graag zat schopt ze naar alle hoeken van de kamer tot die met zijn vier ranke pootjes schuin omhoog voor dood blijft liggen.

9

Het was in het laatste jaar voor de nieuwe vrijheid uitbrak dat Gisèle, nog onwennig in de winkel aanwezig, voor het eerst een klavecimbel had verkocht aan twee jongemannen die zeiden dat hun meester er een wilde.

Toen ze vroeg waarom hun meester dan niet zelf kwam kijken naar wat ze in huis hadden, zeiden de jongemannen dat ze een mandaat hadden gekregen om alles zelf te regelen en te beslissen, ze informeerden naar de prijs van de drie exemplaren die nog in voorraad waren, wezen er een aan en haalden contant geld tevoorschijn, terwijl ze eraan toevoegden dat ze het instrument meteen meenamen.

Gisèle vertelde het aan Tobias, die in de werkplaats bezig was ivoor op toetsen te lijmen. Zijn knecht moest zijn werk overnemen nu de lijm de goede warmte had en hijzelf liep met Gisèle mee de winkel in. De jongemannen richtten zich meteen tot hem. Hij zei dat hij mee zou gaan om het instrument ter plekke te stemmen, want een rit over de kasseien was niet goed voor een klavecimbel.

Op de hoek van hun straatje wachtte een rijtuig met koetsier. De jongemannen schoven het instrument naar binnen, lieten Tobias en zijn koffertje met stemgereedschap erbij en kropen op de bok.

In een stille straat halverwege een heuvel reden ze een binnenplaats tussen twee huizen op. De voordeur van het pand aan de rechterkant voerde naar een hal waar een verlegen meisje in een kraakhelder schort hem de eetkamer wees. De jongemannen kwamen met het klavecimbel achter hem aan en parkeerden het tegen een wand, waar blijkbaar al een plek voor de nieuwkomer was vrijgemaakt.

– We laten u uw werk doen, zeiden ze toen het instrument op zijn ranke poten stond.

Tobias bleef alleen achter in de stilte van de verlaten ruimte. Hij zag een lange eettafel, een zithoek met een paar bergères, een fraaie luchter, een brede open haard. Op het behang aan de wand boven zijn hoofd hing een anatomische tekening van de bloedsomloop bij de mens, zich almaar vertakkend als een boom in de winter.

Hij haalde zijn stemgereedschap uit het koffertje, opende de klep, verwijderde de afdekpanelen en sloeg de centrale la aan, hij speelde kwinten, sleutelde aan de stemschroeven en liet zijn absolute gehoor het verdere werk doen. Hij merkte niet dat er iemand binnenkwam en achter hem bleef staan luisteren. Pas toen hij even stopte om in zijn koffertje te grijpen, zag hij de man die waarschijnlijk de meester was over wie in de winkel werd gesproken. Rond de vijftig schatte hij hem, aanzienlijk ouder dan hijzelf en nog met de obligate liggende kokerkrul aan weerszijden van zijn wat gezette gezicht, verder onberispelijk gekleed, tot aan zijn zijden kousen en glimmende schoengespen toe.

Tobias stond op, hij excuseerde zich dat hij zomaar was gaan zitten om te gaan stemmen en stelde zich voor. De man wuifde de excuses meteen weg, zei dat het een genoegen was de bouwer zelf te mogen ontmoeten en dat het zo te zien een prachtig klavecimbel was, vakmanschap, fijn van afwerking. Hij zei: U zult wel weten wie ik ben.

Tobias wist het niet, hij vroeg zich af of dat een blamage was, of hij zou doen alsof hij hem kende, maar hij besloot dat dat tot lastige vragen kon leiden en zei: Neemt u me niet kwalijk, maar ik geloof niet dat ik u eerder heb ontmoet.

De man noemde zijn achternaam. Nee. Tobias kende hem niet.

– Zo te horen bent u niet van hier?

Tobias zei dat hij zichzelf inmiddels wel van hier vond, maar inderdaad, dit was niet zijn geboortegrond en dat bleef hoorbaar, zijn accent verloochende zich niet. En dit klavecimbel was een uitstekende aanschaf, zei hij er meteen achteraan, door zijn eigen handen vervaardigd, hij vroeg wie het zou gaan bespelen en zijn gastheer zei dat het instrument bedoeld was om soupers op te vrolijken. Ze nodigden graag gasten uit. Vrienden. Zijn vrouw speelde klavichord en zou hier ook goed op kunnen spelen, hijzelf hield het bij viool en cello. Zijn twee zonen waren ooit met muzieklessen begonnen maar haakten af. Andere interesses. Ze zouden er nog spijt van krijgen, voorspelde hij.

– Maar laat u niet door mij afleiden. Ik ben alleen maar nieuwsgierig. Ik zie graag het binnenste van een klavichord of een klavecimbel. Zelf ben ik zeer geïnteresseerd in anatomie en zo'n instrument is in feite ook een soort open lichaam waar u de huid van heeft afgestroopt. Alles is verbonden, nietwaar, de hersenen brengen de vingers in beweging die de toetsen in beweging brengen die de snaren in beweging brengen die de lucht in beweging brengen die de trommelvliezen in beweging brengt die de hersenen... kan ik u zodadelijk een glas wijn aanbieden?

– Graag, dank u, zei Tobias, aangenaam verrast door de vriendelijke toon van die wat nors lijkende man, die nu op een van de bergères ging zitten en zwijgend het stemmen gadesloeg.

Toen Tobias afsloot met een adagio, zei zijn gastheer na de stilte die erop volgde dat hij prachtig speelde en hij vroeg van wie het stuk was dat hij zojuist vertolkte.

Hij liet de wijn komen en achter de huisbediende aan verscheen zijn vrouw, die hem vriendelijk groette en welkom heette, haar glimlach trok groeven in haar wangen. Meteen verdween ze weer even ruisend als ze was gekomen.

Hij kreeg te horen wie er allemaal in huis woonden, of liever in de twee huizen die hier naast elkaar op hetzelfde terrein stonden: behalve zijn vrouw en twee zoons nog twee broers, een oom met diens vrouw, een zieke zus van hem – hij was de oudste van tien – , zijn vier assistenten, een kok, de koetsiers van de wagens, de stalknechten, de huisbedienden, en die moesten allemaal onderhouden worden.

Ze zaten tegenover elkaar en tilden tegelijk hun glas op. Zijn gastheer glimlachte, zijn ogen stonden onderzoekend. Hij zei dat hij groot respect had voor Tobias' werk, om zo uit het ruwe materiaal iets op te bouwen wat schoonheid bracht.

– Prachtig, zei hij, men moet in zo'n professie zeker een zuiver gehoor hebben.

– Ik heb een absoluut gehoor, zei Tobias niet zonder trots, maar ik ben ook nogal geluidsgevoelig, ik ben om zo te zeggen wat te scherp afgesteld, maar het lukt me steeds beter om me dusdanig te concentreren dat ik onwelgevallige geluiden buiten me houd.

– Dat mag u me dan leren, ik kan mijn werk nooit doen zonder omringd te zijn door geschreeuw. En geen geschreeuw uit medelijden. Soms kan een mens zijn werk niet kiezen. Ik speel liever viool.

Tobias aarzelde of hij zou vragen wat de man deed. In plaats daarvan zei hij: U gaf aan dat u geïnteresseerd bent in anatomie.

– Jazeker. En in de geneeskrachtige werking van planten. Dat is ongemeen interessant.

Ze namen nog een slok, toen vroeg hij: Zou ik u mogen uitnodigen om samen iets te spelen? U op het nieuwe klavecimbel en ik op de viool?

Zijn gastheer stond op, pakte bladmuziek van een stapel en liet de klavecimbelpartij aan Tobias zien.

– Wat denkt u?

– Laten we het proberen.

Hij kende dit, het heette *Dans van de Zalige Geesten*, hij had het al eens gespeeld, en nu speelden ze samen en ging het meteen goed, het ontroerde Tobias die wat zwaarmoedig ogende man zulke lichte vibrerende klanken te horen voortbrengen, hij hield van deze melancholische muziek, en voor het eerst vond hij het jammer dat Gisèle geen enkel instrument bespeelde. Als ze zo samen konden spelen, op zo'n manier ook muzikaal zouden kunnen samenvloeien – maar ze zei dat ze het niet kon, al had ze het nooit geprobeerd.

Charles' vrouw kwam luisteren, na afloop bedankte ze hem.

– Dit is heel mooi, zei ze, dank u wel, jullie zouden dit vaker moeten doen. En ze verdween weer, nadat ze nog even over haar schouder naar haar man had gekeken en hij naar haar.

– Mag ik u mijn tuin laten zien? vroeg hij, terwijl hij zijn strijkstok ontspande, mijn medicinale planten? Mijn vrouw doet de andere gewassen, zij is een tuinbouwerskind.

– Neem ik niet te veel van uw tijd?

– Nee, zeker niet. Ik ook niet van de uwe?

De viool lag weer in zijn kist.

– Nee nee. Zeker niet.

Hij ging Tobias voor naar de achtertuin, waar de geneeskrachtige planten in afgebakende bedden stonden, sommige al uitgebloeid, andere klaar om hun knoppen te openen. Tobias had er geen verstand van, hij hield zijn hoofd lichtjes schuin terwijl hij naar de bedjes keek als naar Chinese tekens.

Mijn voornaam is Charles-Henri, zei de man, Charles is korter.

Tobias noemde nu ook zijn voornaam. Hij veronderstelde dat deze geste een aanbod tot een zekere vriendschap was waarbij ze elkaars voornaam kenden, ook als ze elkaar bij de achternaam bleven noemen, een vriendschap die hij, alleen al uit nieuwsgierigheid, graag aanvaardde.

De planten heetten absintalsem of adderwortel of bonenkruid en Charles somde op waar ze tegen hielpen, tegen ingewandswormen of winderigheid of koorts of maagklachten. Tobias prees hem oprecht om zijn kennis.

Terwijl ze weer naar binnen liepen zei Charles dat zijn vrouw Marie-Anne heette en vroeg hij of Tobias ook een vrouw had en toen Tobias bevestigend antwoordde en haar naam noemde zei hij: Wacht even, dan haal ik iets uit mijn apotheek.

In de eetkamer sloot Tobias zijn koffertje met stemgereedschap. Hij kreeg de neiging tot ziens te zeggen tegen het klavecimbel.

Charles stond al in de hal, hij gaf hem iets vloeibaars in een flesje van donker glas.

– Voor uw Gisèle, zei hij, voor als ze een bad wil nemen, het is rozemarijnolie, die kan ze in het badwater sprenkelen, de olie helpt tegen pijnlijke gewrichten en vermoeidheid.

En ze spraken meteen af wanneer Tobias terug zou komen om te musiceren.

Enthousiast vertelde hij Gisèle van zijn ontmoeting, hoe ze samen hadden gespeeld, hoe prettig hij was in de omgang, dat hij een medicinale plantentuin had, hij vertelde over zijn vriendelijke, aandachtige vrouw.

Zoveel vrienden hadden Gisèle en hij niet. Maar toen hij Charles' achternaam noemde schrok ze heftig, hij moest de naam herhalen, hij moest de voornaam herhalen en met een frons als een v op haar voorhoofd vroeg ze hoe hij het in zijn hoofd haalde om aan te pappen met een beul, wist hij niet dat die man beul was, de hele hoofdstad wist het, hoe kon hij dat doen, en even was Tobias van slag, maar toen berispte hij haar krachtig, hij zei dat ze op haar woorden moest letten, dat die man, wat hij ook deed, liever viool speelde, dat hij prachtig speelde voor een amateur, dat hij zijn ziel en zaligheid in heilzame planten stak en hij hem zelfs een geschenkje voor haar had meegegeven, voor in het bad dat ze niet hadden!

Hij wierp het flesje naar haar toe en ze ving het.

Dat ze het flesje misschien een keer kon meenemen, riep hij, naar het badhuis op de rivier en ervan genieten als ze gewrichtspijn had en moe was, veel te moe om helemaal naar het badhuis toe te gaan!

10

Berthe (B.E.M.N.O. de B.) was een rusteloos kind. Ze groeide op tussen welgedane meubels die haar hele jeugd op dezelfde plaats bleven staan en marmeren beelden van bevallige jonge goden die haar aankeken met de spot van wie onveranderlijk volmaakt is.

Het huispersoneel verrichtte elke dag dienstbaar dezelfde handelingen. Haar broers leefden hun eigen leven en noemden haar een nakomertje alsof alleen zij op de juiste tijd ter wereld waren gekomen. Haar vader volhardde doorgaans in norse zwijgzaamheid en haar moeder wist wat een meisje van haar afkomst wel of niet hoorde te weten of te kunnen en leek zo'n vrees te koesteren voor wat komen kon dat ze haar jongste dochter geestelijk omzwachtelde. Ze was een vrouw die binnenshuis stijf stond van de godvruchtigheid, maar terwille van haar man en haar status bij het uitgaan haar sobere kleding verruilde voor opvallende japonnen en bolero's van zijde, fluweel, brokaat en kantwerk.

Alleen met haar oudere zus kon Berthe ongegeneerd plezier maken, die speelde quatre-mains met haar op het klavecimbel, waarbij hun handen elkaar in de weg zaten, die nam haar op schoot, die kietelde haar onder haar voeten, waar ze vrolijk van begon te gillen omdat het zo vertrouwd en onverdraaglijk was. Soms maakte haar zus een inktvlek op papier en dan moest zij die toevallige vorm tot iets herkenbaars tekenen, en later gaf ze haar boeken te lezen van beroemde filosofen of over allerlei interessante uitvindingen en wetenswaardigheden, omdat ze, zei ze erbij, in een bijzondere tijd leefden. Maar toen Berthe vijftien was trouwde haar zus en ging met haar man naar een andere stad, waar ze haar maar af en toe met haar ouders bezocht en zag dat ze een ander leven had opgebouwd en hun verbond zonder woorden had opgezegd.

Berthe werd in kleren gehesen die de buitenwereld moesten tonen hoe welgesteld ze waren. De eerste keer dat haar ouders haar meenamen naar de opera, schrok ze van de slonzige, stinkende types die hen aanklampten en nog meer van haar vader die hen van zich wegsloeg en naar hen siste als naar een kat.

Hoewel haar ouders overmatig op haar letten merkten ze niet dat er bij een van hun bezoeken aan de opera een jongeman was geweest die een briefje in haar hand duwde, een briefje dat ze in haar vuist had voelen branden terwijl haar wangen bloosden, omdat ze dat niet kon tegenhouden, vooral niet als ze dacht: nu moet ik niet blozen, want dan bloosde ze juist heftiger.

De jongeman had geschreven dat hij erg onder de indruk van haar was en had zijn naam en zijn adres gegeven en daarmee haar bestaan plotseling in een ander licht gezet, waardoor ze op een late avond, toen haar ouders zich hadden teruggetrokken in hun slaapkamer, via de tuin met de oude eik voor een paar uur ontsnapte en op straat een fiaker tegenhield. De koetsier die haar met argwaan bekeek had ze meteen meer dan gebruikelijk betaald. Hij nam haar mee naar het vermelde adres, een kosthuis voor jongemannen. Ze had er aangescheld, omdat ze nog licht zag branden en muziek hoorde en aan wie opendeed had ze de naam van het briefje genoemd. Ze werd naar een ruim vertrek geleid waar een uitgelaten stemming heerste. De jongeman herkende haar en troonde haar mee, hij stelde haar voor aan de muzikanten en de feestvierders en danste met haar, waarna hij haar naar zijn kamer begeleidde en zei dat hij haar met respect zou behandelen, en met respect trok hij haar kleren uit en met respect keek hij naar haar lichaam, hij penetreerde haar niet, maar zei haar wat ze moest doen om hem gelukkig te maken, en toen het voorbij was reed hij met haar mee tot om de hoek van haar huis, waar ze de tuin in glipte en weer naar binnen sloop.

Zo was ze telkens weer het huis ontvlucht, tot ze op een keer thuiskwam toen het al vroeg in de ochtend was en een keukenhulp haar betrapte. Die lichtte haar moeder in, waarna de keukenhulp een hogere rang kreeg toebedeeld en Berthe gered moest worden van het verderf door van haar een novice te maken.

Ze vertrok naar een convent, met een paar kledingstukken, een stapeltje boeken die haar zus had meegegeven, een gebedenboek van haar moeder en een gouden ring van haar vader waarin een B gegraveerd stond, eigenlijk twee in elkaar gedraaide B's, van hun beider voor- en achternaam.

De jongeman van het briefje zag ze niet meer terug en haar ouders ook niet.

Wel bleef ze met haar zus corresponderen. Die schreef dat ze zwanger was en daarna dat ze een zoontje had gekregen en dat de grootouders dol op het kind waren, ze schreef over zijn eerste stapjes, zijn eerste woordje, op wie hij leek, dat hij zo lief was, en Berthe zat tussen nonnen die haar op hun beurt wilden omzwachtelen met wat haar dorre dagelijksheid toescheen, ze at wat haar werd voorgezet en zocht het hogere, maar greep ernaast.

Na vier jaar werd ze overgeplaatst om voor vondelingen en wezen te werken.

Tussen de pilaren van het hospice had ze een laatste poging gedaan het hogere te vinden in de herhaalde geheiligde woorden en in de stilte van haar sobere kamer. Ze bleek meer in leeftijd te verschillen met de andere nonnen dan met de oudste meisjes, en als de kinderen in bed lagen, gingen de gesprekken met haar medezusters over niet veel anders dan slecht schoongemaakte lepels en vergeetachtige kinderhoofdjes. De wrevel van de nonnen en de geniepigheid van veel kinderen stonden haar in toenemende mate tegen.

In die tijd was ze 's avonds laat in zo onopvallend mogelijke burgerkleren naar buiten gegaan. Ze hoorde op een van de slaapzalen aanwezig te zijn en te surveilleren, maar ze ontsnapte door de buitendeur die aan haar kamer en slaapkamer grensde en haar via een hoek van de binnenplaats in een zijstraat bracht. Ze was in een paar cafés een vertrouwde, zij het niet helemaal goed te plaatsen gast geworden en hoorde van de overvallen op bakkerijen, over de toenemende macht van het volk en het weerzinwekkende van de adel en de geestelijkheid, die achter de toog zonder aanzien des persoons werden gehaat. Het was daar, buiten de muren, dat het nieuwe heil op een aardse, luidruchtige manier werd voorbereid. Soms viel ze midden in een spontaan straatfeest, met dronken liederen en gedans tussen fakkels, waar met takken werd gezwaaid en alles liefde werd en dorst, grote dorst. Wie niet met zulke feesten mee kon doen, werd haar te verstaan gegeven, was per definitie een vijand van het volk.

Na een uur of drie sloop ze het hospice weer binnen, als iemand die alleen maar even het gemak had bezocht.

Het enige wat haar vreugde bracht, was de vondelinge die ze Catho noemde. Vier keer per week liet ze het meisje op haar kamer komen. Haar te zien opbloeien, haar hoofd te voeden met wat het nodig had, samen met haar te zijn en dat magere, lenige, zelfverklaarde zusje te laten voelen wat lichaamswarmte kon doen, bescherming, vertrouwen, het gaf haar een vreugde die ze sinds het vertrek van haar eigen zus niet meer had gekend.

Toen Berthe besloot voorgoed weg te gaan uit het

hospice, was het voor haar dan ook vanzelfsprekend dat ze Catho mee zou nemen.

Om te beginnen zouden ze Berthes familie waarschuwen, hun vertellen dat ze anders moesten denken en zich anders moesten kleden, omdat het niet langer genoeg zou zijn om Weet-u-wel-wie-ik-ben te zeggen. Zelf hoopte ze een van de actieve patriotten te worden die de nieuwe tijd inluidden, al wist ze nog niet hoe. Ze zou ook van Catho een goede patriot maken, een vrouw die klaar was voor de toekomst.

Maar toen had de non met de langste naam haar bij zich geroepen en gezegd dat ze wel begreep wat er gaande was tussen haar en Catho en dat dat onmiddellijk moest ophouden. Ze hoefde niets uitgelegd te krijgen, zei ze, het was duidelijk dat ze te ver was gegaan, Catharina had alles verteld.

11

Niemand in het hospice geeft de vondelinge enige uitleg over het plotselinge vertrek van de nieuwe. De nonnen gedragen zich alsof ze er nooit is geweest.

Nog één keer loopt Catho de kamer binnen waar ze zo graag kwam, alsof ze hoopt dat Berthe er weer gewoon zit, dat het alleen een kwestie is van hard genoeg hopen, maar de kamer blijft leeg. Zelfs de steen uit het fort, de inktpot en de ganzenveer zijn weg, misschien zal de hele kamer wel verdwijnen, zoals het fort is verdwenen, omdat zijn geschiedenis niet meer zichtbaar mocht zijn.

Naast Berthes bureau staat de omvergeschopte stoel weer op zijn poten. De verscheurde tekening is blijkbaar opgeruimd.

Catho opent de bureaulade, waar Berthes buik altijd voor zat, en woelt erin tot zo diep ze kan komen, de rand van het bureaublad duwt moeten in de rug van haar handen. Er schuilt iets, ze kan het met haar vingertoppen niet te pakken krijgen, dus besluit ze het hele bureau vanaf de andere zijde op te tillen, zodat het ding in de lade naar voren zal schuiven, maar het bureaublad schiet uit zijn houten pinnen, de voorste breken af en het blad duikelt voorover. Nu ziet ze de lade er als een verstekeling onder hangen.

Het ding waar ze niet bij kon blijkt een klein gebedenboek te zijn, de gebeden zijn eruit gesneden, in een rechthoek, het boek is een geheim doosje geworden en in dat doosje ligt een gouden ring met een wel erg uitbundig krullende B van Berthe, alsof de graveur die ene letter wat weinig vond voor zijn ambities.

De vondelinge houdt de ring voor zichzelf. Weggegaan is afgestaan. Ze sjort het bureaublad weer op zijn plek en laat het boekje in de lade.

De hele winter probeert ze vergeefs te vergeten wat Berthe in haar heeft aangericht, opengegooid en gapend achtergelaten. Ze had het liever dichtgehouden om door te kunnen leven als een schaap: eten, drinken, af en toe blaten. Ze eet en drinkt wat er te eten en te drinken valt en dat is niet veel, ze doet haar werk, mummelt mee met de gebeden en litanieën en onderwerpt Berthe in gedachten aan alle martelingen die de heiligen hebben moeten ondergaan, terwijl ze om genade smeekt, die ze niet krijgt.

De vaste structuren beginnen te verzanden, er gaan geruchten dat het hospice door de staat zal worden geconfisqueerd. Ook de non met de langste naam verdwijnt zonder verdere uitleg en alle bewoners krijgen van een paar onbekenden die op bezoek zijn gekomen te horen dat ze moeten verhuizen.

Ze zullen van de staat worden, ze zullen burgers worden, bleke burgers die te weinig vlees hebben gegeten, de litanieën en gebeden die in hun hoofd gemetseld zitten moeten er weer uit gebikt, er zullen andere liederen voor in de plaats komen, ze zullen waarlijk verlicht raken en een nieuwe tijd tegemoet treden.

De vondelinge besluit niet mee te verhuizen naar dat andere hospice, ze is per slot al zeventien, ze zal die nieuwe tijd wel alleen tegemoet gaan.

Uit de naaikamer neemt ze kleren weg waaraan niemand kan zien dat ze ouderloos is en tussen een kudde kinderen is grootgebracht. In een buidel verzamelt ze wat ermee moet: lappen, onderkleren, een kam, de ring, het nooit door de nonnen ontdekte driehoekje glas dat de wereld rood kleurt als ze er met één oog doorheen kijkt. En gebruikmakend van de verwarring en angst bij haar vroeger zo in zekerheden gehulde opvoeders weet ze op een zonnige lenteochtend te verdwijnen, door dezelfde deur die Berthe voor haar nachtelijke escapades gebruikte. Ze ijlt de straat uit en slaat willekeurig hoeken om. Het is het derde jaar van de vrijheid en ze is zo vrij als een vlieg.

Iedereen om haar heen is in beweging en zij loopt ertussen, zonder de weg te kennen. Ze leest de namen van de straten op de hoekstenen waar telkens het woord sint is weggebeiteld, ze waadt door een brij van lawaai waaruit ze af en toe een woord opvangt dat uit zijn verband is losgeraakt.

Rusteloos is de stad, de mensen kennen er de weg, paarden worden door koetsiers opgejaagd, bedelaars hangen tegen de gevels, karren ratelen voorbij, volgestouwd met aardewerken kruiken, slingerend aan één oor, of beladen met paardenmest die van de straat is opgeschraapt om gedroogd te worden en als brandstof gebruikt. Een sjofele man scheurt muurkranten los om het papier als verpakkingsmateriaal aan winkeliers te verkopen, of als het vier lagen dik is aan kartonneerders.

Ze verzeilt op een vismarkt waar de kabeljauwen en wijtingen op een hoop liggen, met opengesperde bek, alsof ze nog iets onverstaanbaars hebben willen roepen.

De kasseien zijn glad van het vet, er liggen visgraten, kleine omgevallen hekjes die niemand kunnen tegenhouden. De lucht is dik van bederf.

Haar dag is leeg en vormeloos. Het is de eerste dag in haar leven die ze zelf moet zien in te vullen, maar ze heeft nog geen idee hoe, want zo ver reikten haar voornemens om het hospice te verlaten niet. Ze dacht alleen aan niet meer verplicht woorden opzeggen, niet meer de vloeren van de gangen schoon schrobben, niet meer bang zijn ooit een van die ouden of verwarden te worden voor wie de wereld niet groter is dan een gebouw en een binnenplaats, en aan de mogelijkheid om Berthe, mocht ze haar ergens vinden, in haar bolle gezicht een verrader te noemen.

Haar aanwezigheid in de hoofdstad valt niet op, niemand ziet dat ze nieuw is in de straten. Ze kijkt naar de neuzen van de voorbijgangers, naar hun handen, hun manier van lopen, of ze een neus met een boogje hebben, of ze lange smalle handen hebben en voeten die een beetje naar binnen gericht staan, maar dan is er opeens iemand die ongemakkelijk wordt van haar gedrag, iemand die haar toesnauwt of ze soms iets van haar aanheeft, met een stem die niet van haar moeder kan zijn, dat is haar moeder niet, de stem is zo anders dan haar eigen stem, al hoort ze haar eigen stem alleen binnen in haar hoofd, ze kan hem niet vangen in het kommetje van haar handen om hem van buitenaf te horen, zoals ze haar adem kan vangen en weer opsnuiven. Ze heeft inderdaad iets van een ander aan, maar weet niet van wie.

Daar is de rivier, breed en open en geurend naar dood. Ze loopt de helling af naar de modderige oever vol afval en scherven en verwaaide kranten die onleesbaar zijn geworden van het vuil en de kreukels.

Vissers redderen op hun boten. Zij zien haar staan, ze zien haar en ze roepen en maken gebaren, maar ze kent de taal van die gebaren nog niet, ze weet niet hoe ze om moet gaan met hun vette lach die zo anders is dan die van Berthe. Ze loopt door, naar een van de bruggen die de rivier overspannen, een brug die een gewone straat wil zijn, met vijf verdiepingen hoge huizen erop. Eerst ziet ze vanaf de oever de achtergevels, ziet ze beddengoed half naar buiten hangen en een vrouw een nachtspiegel legen. Een glimmende sliert pis duikt vele meters lager het water in.

Op de brug is niets te merken van het vuil en de kadavers die diep onder het plaveisel door naar zee stromen. Hier zijn dure winkelpanden, er is speelgoed te koop dat te chic lijkt om mee te spelen, en etensborden met de tekst De Vrijheid Of De Dood erin gebakken, als boodschap voor wie zijn gortepap heeft opgegeten.

In de etalage van een juwelier-goudsmid liggen sieraden te blinken en ze denkt aan de ring met de overdreven B en stapt na een korte aarzeling de drempel over. Voor ze de deur weer heeft gesloten komt er een gedrongen man van achter een gordijn tevoorschijn. Hij vraagt haar wat ze wenst, terwijl hij haar aandachtig opneemt. Ze probeert zich te gedragen zoals ze denkt dat iemand met verstand van sieraden dat zou doen, iemand die iets ongenadig duurs om haar hals wil hangen of aan haar vinger schuiven en het dan afwijzen omdat het toch, helaas, dat kan gebeuren, niet haar smaak is.

Ze pakt de gouden ring met de overdreven letter B en zegt dat ze die wil verkopen en de juwelier neemt hem aan en onderzoekt hem, hij kan blijkbaar aan de binnenkant zien of het een echt gouden ring is, en daarna kijkt hij naar haar, alsof hij ook aan haar kan zien of ze echt is of niet.

Hij vraagt niet hoe ze aan de ring komt, het interesseert hem blijkbaar niet, hij vraagt niet waarom er een B op staat, hij weegt hem alleen en geeft haar geld, en ze heeft geen idee of hij haar geeft wat de ring waard is, maar als ze weer naar buiten loopt beseft ze dat ze eten kan kopen, en het is of haar maag daar begripvol op heeft gewacht en het nu eindelijk gepast vindt om eens flink te gaan opspelen.

Bij de eerste de beste bakker sluit ze aan achter de rij die zich buiten voor de deur heeft gevormd. Voor haar staan vrouwen van wie ze denkt dat ze huispersoneel zijn, want ze dragen net zo'n soort jurk en schort als het meisje met de zwarte vlek in haar bovenlip aan moest trekken toen ze meeging met haar meesteres. Er staan ook vrouwen tussen met een smerige boezelaar voor, die vast veel vuiler werk moeten opknappen dan het schrobben van gangen. Ze praten door elkaar en vertellen elkaar moppen, de vondelinge hoort er een over hun buitenlandse koningin die op een hoog balkon staat en onder zich het volk honger ziet lijden en de koningin zegt dat het volk haar heel dankbaar zal zijn als ze een brood naar beneden gooit, en iemand naast haar zegt dat het volk nog veel dankbaarder zal zijn als ze twéé broden naar beneden gooit en weer iemand anders zegt dat het volk helemáál dankbaar zal zijn als ze zichzélf naar beneden gooit.

Hun raspende lach, als in ademnood.

12

Op de avond dat Tobias met Charles heeft afgesproken, wil Gisèle hem met haar dunne stem tegenhouden, ze zegt dat het ten koste van de winkel zal gaan als de mensen weten wie zijn vriend is, en Tobias, niet gewend dat ze weerwoord geeft, snoert haar de mond op het harde volume dat hij zelden uit de kast haalt. Hij zegt dat ze zich moet schamen, dat vrouwen niets begrijpen van de vriendschap tussen mannen, want zoals Davids liefde voor Jonathan hem wonderlijker was dan de liefde van vrouwen, zo plant de Heer het zaad van de vriendschap dat de kans moet krijgen om te groeien. En iedereen is zondig, dus zij ook. Gisèle, die hem nog nooit zo heeft horen praten, begint te huilen en zegt dat ze hem geen kwaad wil doen en dat ze hem zal gehoorzamen, en dan staan ze daar tussen hun meubels, de houten stoelen die hen uitnodigen om weer te gaan zitten, de tafel die nog de kommen draagt die ze hebben leeggegeten en de afgelikte lepels naast het rek met de paar stenen pijpen. Tobias zegt haar dat zijn nieuwe vriend en hij samen muziek maken, woordeloze muziek, en dat ze ontroerd zal zijn wanneer ze ooit zijn vioolspel zal horen en Gisèle zegt: Ga maar, al weet ze dat hij ook als ze dat niet zegt evengoed zal gaan.

Tobias gaat, hij neemt een fiaker door de avondlijke

hoofdstad, die niet tot rust komt, hobbelt halfweg de heuvel op, door straten met indrukwekkende panden, waar iedereen zijn eigen koets heeft als het er geen twee zijn, en wordt amicaal begroet door zijn onberispelijk geklede vriend, die hem naar de eetkamer loodst. Een bediende komt koffie brengen. Charles vraagt of zijn vrouw tevreden was met het flesje rustgevend extract voor in het bad. Tobias aarzelt wat hij zal antwoorden, hij ziet haar voor zijn geestesoog de inhoud in de goot op straat uitgieten, hij ziet zichzelf er weer bij staan, verbijsterd omdat ze zich niet gedraagt zoals hij dat wil, en hij zegt: Ze heeft het me laten ruiken, het had een bijzondere geur.

Charles merkt zijn aarzeling.

– Ze weet zeker wie ik ben?

– Ja, zegt Tobias.

– Laat ons musiceren.

Ze spelen een celloconcert, af en toe missen ze een noot, maar na drie keer intensief herhalen gaat het foutloos en kruipt er interpretatie in, zijn ze de oefening voorbij.

Daarna komt de rode wijn. Ze nemen tegenover elkaar plaats in de bergères, tevreden dat het zo goed ging. Tobias zit te denken dat Charles het misschien een aantrekkelijk idee vindt dat hij een buitenlander is, iemand die er in de ogen van velen uiteindelijk niet helemaal bij hoort. Enige afstand verruimt de blik. Wie uit het buitenland komt weet niet alles wat iedereen zegt te weten en heeft zelf onbekende kanten en een niet gedeeld verleden waardoor met onbevangenheid kan worden gekeken naar wat anderen allang menen te kennen.

Terwijl Tobias zwijgt over Gisèle, begint Charles er zelf over. Hij spreekt zijn vermoeden uit dat Gisèle hem voor zijn nieuwe vriend gewaarschuwd heeft. Hij zegt dat hij meteen de indruk kreeg dat Tobias hem aanvaardde.

– Ik doe wat moet geschieden, zegt hij. Uit noodzaak. En dan vertelt hij dat hij er niet aan heeft kunnen ontkomen, dat zijn voorgeslacht hetzelfde werk deed en hij verplicht is dit voor zijn familie en de natie te doen, hoezeer het hem ook vanaf het begin tegenstaat.

– Toen ik als kind op een kostschool zat, waar ik graag verbleef en gretig leerde, ontdekte de vader van een van mijn vrienden dat ik de zoon was van een scherprechter. Ik moest van school af, omdat ik de goede naam van het instituut zou schaden. Veertien was ik. Ik moest bij de studieprefect komen. Veel donker hout in diens kamer, hoge ramen, een bureau als een vesting. De studieprefect zei dat hij mij een goede leerling vond en een zachtaardige jongen, en dat hij me liever op school had gehouden, maar door de ontdekking werd hij nu eenmaal onder druk gezet, ik moest begrijpen dat de reputatie van de school te veel zou worden geschaad als ik daar zou blijven. Ik weet nog dat buiten de zon scheen en er stofjes door een baan licht dartelden en dat de school maar niet wilde instorten. Daarna kreeg ik thuis les en had ik geen andere speelkameraden dan mijn jongere broers, die tegenwoordig trouwens allemaal ergens in het land uitvoerder van gerechtelijke vonnissen zijn. De mannen van mijn zussen ook.

Tobias zegt niets terug. Hij probeert in Charles' trekken iets van de jongen terug te vinden die hij moet zijn geweest. Charles beschouwt zijn zwijgzaamheid als een goede luisterhouding en praat verder.

– Het verdiende tot voor kort goed, dat is het enige positieve, hoewel de staat steeds minder geld heeft en ik niet meer word uitbetaald en nu dus leef van wat ik in het verleden heb opgespaard.

Hij neemt een royale slok van zijn rode wijn en veegt met de rug van zijn hand over zijn lippen.

– Als men iets doet wat niemand anders wil doen, verdient men dan minachting of juist respect?

Hij ging naar het buitenland om te studeren, vertelt hij, in een kleine stad met ongepleisterde huizen, in een plat nat land waar niemand de doem van zijn achtergrond kende, maar zijn vader raakte verlamd en hij was het aan zijn afkomst en familie en hun overleving verplicht terug te keren en zijn vader te vervangen tot die stierf.

En nu staat zijn jongste zoon hem bij. Onontkoombaar.

Tobias zoekt een antwoord. Hij heeft nog nooit een executie bijgewoond, wel heeft hij een keer iemand met de tong uit de mond aan een lantaarnpaal zien bungelen, alsof die de wereld postuum wilde blijven jennen.

Hij zegt dat de geneeskrachtige kruiden en de apotheek die Charles in huis heeft opgezet en de muziek, dat al die zaken hem wellicht in evenwicht houden.

Weer neemt Charles een flinke slok, dan houdt hij

het glas omhoog en tuurt door de wijn heen naar zijn vriend met diens vertrouwd wordende vreemde accent.

– Ik ben aan de gruwel gewend geraakt, zegt hij, dit is zelfopoffering, maar ik zal nooit wennen aan de beschuldigingen en beledigingen. Ik ben niet verantwoordelijk voor het bloed dat ik doe vloeien, de rechters die het vonnis uitspreken zijn dat wel. Maar genoeg over mij, hoe is het met de instrumentbouw?

– Heel goed, zegt Tobias. De zaken gaan goed, al zou hij graag wat meer tijd vinden om te experimenteren met nieuwe klankcombinaties. Hij hoopt dat Gisèle spoedig zwanger zal zijn, liefst van een zoon, maar tot nu toe lukte het haar niet.

– Moge je wens uitkomen, moge je kind een vrij leven leiden, een leven dat niet al te zeer wordt bepaald door zijn afkomst, zoals bij mij het geval was. Ik kon niet onder mijn afkomst uit. Mijn vrouw is een van de zeer weinige echtgenotes die niet zelf ook uit een scherprechtersgezin komen. Elke dag probeert ze haar onmogelijke schuldgevoel over de toekomst van haar zonen te verbergen onder zorgzaamheid. Ik zal altijd bij haar in het krijt staan.

Iedere week komen Tobias en Charles een avond samen om te musiceren. Soms glippen huisgenoten stil de eetkamer in om te luisteren, maar als ze aan de wijn toe zijn, verdwijnen de anderen weer.

Het duurt meer dan een jaar voor Charles hem op een heldere zomeravond meeneemt naar de anatomische werkplaats achter de kruidentuin en de moestuin van

Marie-Anne, aan het eind van het tweede gebouw dat inmiddels deels verhuurd wordt om wat bij te verdienen.

In het midden van de rechthoekige ruimte staat een schoon geschrobde tafel waarop hij de lijken van misdadigers dissecteert. De laatste tijd worden de meeste onthoofd, volgens het pleit van een volksvertegenwoordiger in de Nationale Vergadering om voor de doodstraf dezelfde gelijkheid te betrachten die elders wordt nagestreefd, waardoor daders van lage komaf nu ook onthoofd mogen worden, wat sinds klassieke tijden immers de eerbaarste straf is.

Charles moet zelf voor zijn gereedschap zorgen, zegt hij, dit nieuwe beleid vraagt een grotere scherpte van de bijlen en zwaarden, wat hem extra werk geeft, want dat gereedschap raakt nu sneller bot, en hoe botter het is hoe moeilijker het wordt om in één keer dwars door een hals heen te slaan.

Alleen voor het maken en oprichten van de schavotten heeft hij de hulp van een gespecialiseerde timmerman. En natuurlijk heeft hij zijn vier assistenten, die sinds hij meester is het eigenlijke executiewerk doen.

Langs de wanden staan open kasten waarin Charles de menselijke onderdelen in pure alcohol bewaart. Zes benen liggen opgestapeld in een bak, drie opengewerkte armen in een andere, Tobias ziet hersenen liggen, ziet een witleren hoofd met alles erop en eraan, zo krap in een ronde bokaal dat de neus plat tegen het glas gedrukt zit. Er is een bak met tongen, die slap als weekdieren over elkaar heen liggen, en een met de foetussen van een Siamese tweeling die buik en borst delen en hun minuscule armpjes om hun beider eigen lijfje geslagen houden.

Charles zegt dat hij hiermee de studie van zijn voorouders voortzet, met name wat de werking van de spieren betreft en de ziektes die daarmee gepaard kunnen gaan. Die interesse bestaat al lang in de familie. En dit mogen dan wel de lichamen van misdadigers zijn, het zijn evenzogoed wonderen, zie de besnaring van de spieren in de vingers, zie de fijnheid van het gehoorapparaat. Hij vertelt Tobias over de secretaris van de Academie van Chirurgijns, een man van grote reputatie die ook volksvertegenwoordiger is en die hem af en toe komt bezoeken. Met hem voert hij interessante gesprekken over anatomie en strafzaken en de dood en soms komt de man een lijk ophalen voor de wetenschap.

Tobias probeert de verzameling te zien als een serie interessante voorbeelden van hoe vernuftig een mensenlichaam in elkaar steekt. Door die houding vermindert zijn weerzin en groeit zijn belangstelling. Hij denkt aan al de laden en laatjes in zijn werkplaats met de losse onderdelen van zijn instrumenten, die zonder hun verband zo aandoenlijk nutteloos en vreemd ogen.

Tegen Gisèle praat hij niet over de uit elkaar gehaalde lijken die hij heeft gezien. Ze heeft zich verzoend met hun vriendschap, al zegt ze dat ze er niet bij betrokken wil worden. En toch, als ze een keer samen worden uitgenodigd voor een souper bij Charles en Marie-Anne, en hij haar zegt wat hij al eerder heeft gezegd, dat Marie-Anne zo'n goede vrouw is en dat ze het vast wel met elkaar kunnen vinden, gaat ze overstag, zij het timide en op haar hoede.

Tobias ziet dat ze onder de indruk is van de mooie grote eetkamer en verlegen aan de plooien van haar rok trekt. Ze lijkt overrompeld door iedereen die haar feliciteert met haar nu zichtbare zwangerschap, niet alleen Charles en Marie-Anne, ook hun beide zonen.

De eettafel is rijk gedekt met porselein en kristal, ze krijgen preisoep voorgeschoteld en lijsters met groenteragout en crème met kaneel, alles vergezeld van prachtige wijnen.

Tobias en Gisèle zitten naast elkaar, tussen Marie-Anne en de jongste zoon Gabriël in en tegenover Charles en zijn oudste zoon Henri. Gabriël vraagt Tobias uit over zijn geboorteland, en Marie-Anne, die wel twee keer zo oud moet zijn als Gisèle, vertelt geruststellende verhalen over zwangerschap en geboorte. Tussen hoofdgerecht en dessert toont Charles zijn gasten een boek waarin prachtige anatomische tekeningen staan, van foetussen in de moederbuik en spieren in mannenarmen en het hart en de bloedsomloop, alles zo wervelend als de versieringen die in het hout van stoelen en trapleuningen zijn gedreven. Ze houden hun vingers aan de pols van wie met een handpalm naar boven naast hen zit, ze vergelijken lachend elkaars hartslag met die van henzelf, en tot slot vertolken Charles en

Tobias nog samen de *Dans van de Zalige Geesten* en oogsten ze een warm applaus terwijl de servetten van de schoten glijden.

Na afloop liggen Tobias en Gisèle tevreden in hun eigen bed. Gisèle legt haar hoofd op Tobias' borstkas en denkt aan al die bloedbanen, aan dat pompende hart, de darmen die onder het vel van zijn behaarde buik kronkelen en zijn ribbenkast waar alle ribben in zitten die erin horen, al is haar verteld dat er één nodig was om een vrouw van te maken. In haar lichaam groeit het kind dat over een paar maanden tevoorschijn zal komen in een tijd en op een plaats die niemand voor het kiezen heeft, het groeit in Gisèles bolle buik waarop de rechterhand van Tobias rust, als een extra dak van vlees voor de ongeborene.

13

Nog diezelfde avond, zodra het schemert, vertrekt Berthe schielijk uit het hospice, zonder afscheid te nemen. Het is zomer, het tweede jaar van de vrijheid.

Een paar straten verderop neemt ze een fiaker naar haar ouderlijk huis. Ze heeft de voordeursleutel bewaard, stapt de schemer in van de ruime hal met de hoge spiegel en zet haar bagage op de marmeren tegels. Iemand springt in haar nek, duwt haar om en sommeert haar te blijven liggen. Berthe herkent de stem. Het is een van de huisbedienden, een man die bij haar ouders kwam werken toen ze een jaar of tien was. Hij heeft het diepe, gekartelde stemgeluid waarvan ze nooit heeft begrepen dat het uit zo'n smal, jongensachtig lijf kon komen.

– Léon, zegt ze, ben jij het?

Hij schiet overeind, hijst haar omhoog en verontschuldigt zich eindeloos.

– O, mademoiselle de B., ik dacht dat er iemand inbrak, het spijt me, het spijt me.

Hij steekt een olielamp en vraagt: Bent u niet weg?

– Dat is maar van welke kant je het bekijkt, zegt ze, terwijl ze over haar kleren strijkt. Waar is iedereen?

– Iedereen is weg, zegt hij.

– Waar naartoe?

– De familie achtte het raadzaam naar het buitenland te vertrekken. Ik ben hier om hun woning te bewaken.

– Dat doe je dan ijverig.

Hij tilt haar bagage op en loopt voor haar uit naar de salon om er de lampen te ontsteken. De meubels lijken wakker te worden. Ze trekt er de beschermende lakens vanaf. Veel staat er niet meer. Eén bergère en één rechte stoel, een kleine tafel op dunne pootjes, één marmeren beeld. Voor de rest is de salon een kale vlakte geworden. Ernaast, in het boudoir, staat een bed dat ze niet herkent.

– Ze zijn dus weggegaan zonder iets tegen mij te zeggen? Tegen hun nakomertje?

– Ik moest het u laten weten, maar ik wist niet waar u was.

– Ik ben hier.

Ze ploft met haar volle gewicht op de bergère en probeert door de weerspiegelende ruiten de tuin te onderscheiden, met de oude eik waaronder niets wilde groeien.

Léon steekt de haard aan en pookt hem op, hij blaast met de balg gensters omhoog.

Dan vraagt hij, helemaal in de stijl van vroeger, of ze wat wil drinken, al zegt hij er meteen bij dat er niet veel in huis is, want de familie is weg, hij is hier om op het huis te passen.

– Je bent hier helemaal alleen?

– We hadden u niet verwacht, zegt hij nog een keer, onderdanig en met een vleugje teleurstelling.

Berthe gaat rechterop zitten, ze kijkt hem aan en zegt

dat het helemaal geen probleem is, ze heeft genoeg aan de kamers beneden, hij kan blijven en hij hoeft niet meer zo onderdanig te doen, ze zijn allemaal burgers, of toch iets in die aard, hij hoeft niet meer voor haar te werken, welnee, ze kan zelf wel koken, heerlijk, wortels schrapen dat het frisse nat eruit spettert, laten ze afspreken dat hij boven woont en zij beneden en is er nog wijn?

– Er is nog wijn in de kelder, ik zal het halen.

– En kom er dan bij zitten, roept Berthe tegen zijn rug.

Op het enige tafeltje in de salon staan twee volle glazen rode wijn. Het lamplicht tinkelt erin. Léon gaat aarzelend op de rechte stoel zitten, hij moet er nog aan wennen familiair te worden met de dochter van zijn meester. Vroeger mocht hij geen gesprek met haar beginnen. Nu moet hij het van haar.

– Dus u blijft hier, zegt hij.

– Waarom tutoyeer je me niet, je bent ouder dan ik, en al dat u zeggen is uit de mode. Ja, ik blijf hier, ik heb onze God in het hospice gelaten, al weet ik niet of hij daar gelukkig mee is. Wanneer zijn mijn ouders weggegaan?

– Twee weken geleden. Ze zijn naar vrienden in het buitenland, ze voelden zich bedreigd. Ze hebben de meeste inboedel laten verhuizen nadat ze de grens over waren.

– Heb je hun adres?

– Neemt u me niet kwalijk, maar ze dachten dat het

veiliger was om niet te vertellen waar ze naartoe zijn.

– En hebben ze het nog over mij gehad? Behalve dat je contact met me moest zoeken? Hebben ze zelf geprobeerd contact met me te zoeken?

Hij neemt een bescheiden slokje, alsof hij zich er schuldig over voelt dat hij meedrinkt.

– Zeiden ze niet: we zullen haar eens vragen hoe ze het stelt?

Ze schuift een bil tegen de ene zijleuning aan, hangt met beide onderarmen over de andere.

Léon vraagt of ze een voetenbankje wil, of ze niet moe is, of hij haar bed zal voorbereiden, en hij rent al naar boven en komt terug met beddengoed en handdoeken. Ze hoort hem redderen in het boudoir, ze hoort hem de lampetkan vullen.

– Dank je, Léon, ik doe het wel! roept ze naar de tussendeur.

Hij komt aangelopen met een kistje in zijn handen.

– Ik moest u nog iets geven.

In het slot zit een sleuteltje aan een dunne ketting.

Dan trekt hij zich terug. Hij neemt zijn halflege glas mee. Ze hoort het parket op de eerste verdieping kraken.

Berthe dooft de lampen, alleen die in het boudoir brandt nog en werpt een smalle streep door de kier in de tussendeur. Nu kan ze de donkere tuin wat beter zien, de dikke eik en nog net de muur daarachter met de stalen deur die alleen geluidloos openging als je hem een beetje optilde.

Ze gaat weer in de bergère zitten, haar glas in haar

hand, en denkt aan haar ouders, haar zus, haar uit het zicht verdwenen broers, ze denkt aan Catho en trekt zorgvuldig een hekwerk op rond haar gemis. Het kind is verpest, het kind is onbetrouwbaar, het kind is verloren moeite.

Dan sluit ze zich op in het boudoir en opent het kistje. Er zit geld in, genoeg geld om een heel jaar onbezorgd te leven. Haar ouders hebben haar geld gegeven. Misschien heeft Léon er al wat uit gehaald. Of misschien hebben ze Léon al betaald voor zijn oplettende aanwezigheid.

Ze verstopt het kistje in een ingebouwde kast. Op de planken liggen een paar nachthemden en doeken, een stapel bladmuziek, een verdwaalde kandelaar en een bijna leeg glazen potje poeder. Daarnaast hangt een peignoir en een oude japon van haar moeder. Ze hangt haar kleren erbij en legt de boeken neer waarin ze samen met Catho heeft zitten lezen.

Het sleuteltje hangt ze om haar hals.

Dan kleedt ze zich uit en trekt een van de nachthemden aan. Ze zijn breed genoeg voor haar lichaam.

Op haar rug in bed liggend staart ze naar de putti op het plafond die in het geflakker van de langzaam uitdovende lamp aan dikke, rusteloze hommels doen denken. Ze neemt zich voor de volgende dag nieuwe kleren te gaan kopen.

Buiten, achter de tuinmuur, schreeuwt iemand iets onverstaanbaars.

14

Catho eet een stuk brood en drinkt water uit een fonteintje en bij een slakkenverkoper aan het begin van een lange laan die een park doormidden snijdt koopt ze een portie slakken, omdat ze die nog nooit heeft gegeten en wil weten hoe ze smaken. Een grote gebutste pan op de kar walmt van het kookwater dat een weeë lucht verspreidt.

De beestjes moeten met een speld uit hun huisje worden getrokken. Ze smaken naar harde soep. Midden in het park, omringd door in het gareel gebrachte bomen, zit ze op een bank voor het eerst van haar leven op slakken te kauwen.

Het is zonnig en fris. Als ze haar bovenarmen tegen haar lijf aan houdt is het net warm genoeg. Ze zit daar en beseft dat niemand van de passerende flaneerders haar kent. Eigenlijk is ze opnieuw geboren, meteen in een bruikbaar formaat. Haar hoofd zou leeg moeten zijn als een kamer die opnieuw kan worden ingericht, met meubels die net van de schrijnwerker komen en naar pas gezaagd hout ruiken, maar dat lukt niet, het hangt er nog vol met de woorden en zinnen die ze zo lang moest kunnen dromen en Berthe zit er ook nog in, met haar boeken en haar neus en haar fladderlach.

Een verkoopster van kokardes en rode mutsen als

koeientongen blijft pal voor haar en haar slakken stilstaan en vraagt of ze tegen de vrijheid is en ze antwoordt: Integendeel, ik ben nog nooit zo vrij geweest als vandaag. Maar, zegt de verkoopster, waarom draagt ze dan niet de tekenen van vaderlands- en vrijheidslievendheid, iedereen moet de tekenen dragen, iedereen moet tonen waar hij voor staat, wie niet laat zien dat hij voor is, is tegen, die is tegen, zegt de verkoopster, en dat wilt u toch niet, u wilt toch niet tegen zijn? En de vondelinge koopt voor de zekerheid een kokarde in de juiste kleuren van wie de nieuwe vrijheid wil, de verkoopster speldt hem op en nu zit ze daar in het besef ergens bij te horen, hoewel er dames langslopen die haar toevoegen dat niet elke plek in de stad zomaar van iedereen is en waarom ze niet aan het werk gaat zoals andere vrouwen van haar soort. Ze zegt niets terug, ze ziet aan hun kleren dat deze vrouwen ergens anders bij horen dan zij, ze pulkt de laatste slak uit zijn huisje, er lekt kookvocht op haar kokarde voor het vaderland. Ze wil de nattigheid eraf vegen, maar haar handen zijn vuil, ze laat het maar zo, de mensen bij wie ze hoort zullen haar intenties ook wel herkennen als er slakkenvocht op zit.

Wanneer het begint te schemeren staat ze op, ongerust, omdat ze geen slaapplaats heeft. Misschien kan ze een goedkoop pension vinden, maar ze had er eerder aan moeten denken, nee, het is meer dat deze dag domweg niet mag eindigen en dat doet die toch. De twijfel kruipt naar binnen, had ze niet moeten meeverhuizen naar het andere hospice, waar ze verzorgd zou worden en waar alles anders kan zijn dan in het oude, misschien is het er licht en open en wordt er gezongen zoals zingen bedoeld is.

Ze passeert een paar cafés en ziet daarbinnen mannen en een enkele vrouw onder het lamplicht koffie en wijn drinken, ze hoort hun luidruchtige meningen naar buiten buitelen, ze hoort getik tegen een raam en als ze haar hoofd naar het geluid wendt, ziet ze een jonge man die haar toelacht en haar wenkt om naar binnen te komen, en dat doet ze, want binnen is binnen en hij kijkt vriendelijk.

Hij zit met vijf anderen rond een tafeltje en laat haar tussen hem en zijn linkerbuurman zitten. De buidel met haar spullen parkeert ze voor haar benen op de vloer. Hij zegt dat hij Jean heet, meneer Jean, en dat de burger aan haar andere zijde meneer Gustaphe is en als ze haar naar haar naam vragen noemt ze niet de namen van de heiligen en niet de naam die ze met Berthe heeft gedeeld, maar een die ze op straat heeft horen roepen en die even nieuw voor haar is als deze dag. Ze zegt dat ze Claire heet.

Ze krijgt een glas rode wijn aangeboden en de anderen schenken voor zichzelf ook een nieuw glas in en klinken op haar – Santé, Claire! – ze denkt dat het door de kokarde komt die ze heeft gekocht, want zij dragen ook zo'n kokarde, ze drinken omdat ze bij elkaar horen. Terwijl Jean zijn lange arm om haar heen legt, waardoor ze zich beschermd waant, vervolgen ze hun luidruchtige gesprekken. Ze bestudeert hun weelderige haardos, terwijl ze hen met woorden hoort spugen op wie ze de verraders van de toekomst noemen, en mopperen op de beoogde opheffing van de openbare werkverschaffing en verkondigen dat dit jaar eindelijk de Salon voor iedere kunstenaar opengesteld zal worden, en niet alleen voor de kliek van de Académie.

Een paar van de mannen aan tafel zijn blijkbaar kunstenaar, want ze spreken over de werken die ze aan de Salon willen aanbieden. Ze spotten met de vadsigheid van hun koning, met de koningin die de staatskas heeft geplunderd, met de oplichters van de kerk, die armoede prediken maar goddeloos rijk zijn, ze zijn goed voorzien van meningen die zonder eventuelen en misschienen op tafel worden gekwakt, ze maken grappen over de stinkende lichamen van nonnen, het schurft onder hun kappen en de onzin van een leven na de dood, want het leven is hier en nergens anders, dat roepen ze tussen twee slokken door, en wat een waanzin dat een mens alleen maar in de hemel zal komen als zijn lichaam nog helemaal heel is, dan moeten de geamputeerden ocharme naar de hel en de onthoofden ook, die daar dan wat rondzwalken en overal over struikelen omdat ze niets meer zien, tot hun eigen hoofd opeens Hier ben ik! roept en ze het weer op hun lijf kunnen zetten en alsnog als geheel de afslag naar de hemel kunnen nemen, behalve dan de ongelukkigen die een been missen en niet weten waar dat been naartoe is.

Hoe meer ze het over anderen hebben, hoe meer ze bij elkaar horen. Ze zit er met stille verbazing naar te luisteren. Zelf heeft ze zo vaak woorden moeten gebruiken die al voor haar op een rijtje waren gezet, terwijl hier de zinnen naar buiten springen als losgeslagen honden.

Ze vragen haar waar ze vandaan komt en omdat ze niets kwijt wil over haar leven in het hospice, zegt ze dat ze uit de lucht is komen vallen en dat ze op haar handen kan staan, ze lachen erom en vragen niet verder. Ze zit als jonge vrouw in hun gezelschap, dat is genoeg en waar hadden ze het ook alweer over.

De mannen nemen haar mee naar een restaurant waar aan lange tafels een maaltijd wordt geserveerd: soep van vorige maaltijden en een stoemp met wortel en ui en brokken varkensvlees. Het is er lawaaiig, er moet zoveel gezegd worden dat het voedsel tussen twee zinnen door onoplettend naar binnen wordt gelepeld. Alleen de vondelinge heeft alle aandacht bij het eten, ze lepelt alles met gebogen hoofd naar binnen en heeft als eerste haar bord leeg. Er staat niets op de bodem geschreven.

Daarna nemen Jean en Gustaphe haar als een trofee mee naar het theater, waar ze met grote verwondering om zich heen kijkt. Dat klatergoud aan de balkons en al de luidruchtige toeschouwers die niet genoeg lijken te hebben aan de teksten van de toneelspelers, maar willen inbreken in hun verhaal.

Op het immense podium ontvouwt zich een spektakel over de verovering van het fort, waar twee kanonnen aan meedoen die vanaf de kartonnen muren op het volk schieten en het volk schiet terug, ze ziet vuur uit de geweerlopen komen en oplaaien achter de torens en een menigte figuranten zwaait met mestvorken en bijlen, terwijl het geroffel van trommelaars alle hoeken en gaten van het theater vult. Het opgehitste publiek scandeert leuzen – ze herkent de kreet die ze op papborden heeft zien staan – zinnen die door anderen zijn bedacht, en ze roept ijverig mee, ze voelt zich opgenomen in deze nieuwe wereld waarin het beweegt en bruist, haar geest raakt op hol van alle indrukken, en als de duivelse gevangenis van karton eindelijk is neergehaald juicht de hele zaal, van de parterre tot de engelenbak, met opgeheven armen.

Buiten lijkt het of het publiek de avond wil blijven vasthouden, zovelen drommen samen voor de ingangsdeuren en spreken elkaar aan alsof iedereen elkaar kent en geen gedachte hoeft te worden uitgelegd. Het komt haar voor dat ze niet diezelfde ochtend over de drempel is gestapt, de lege dag in, maar al een hele tijd geleden, alsof er al jaren een plaats voor haar is vrijgehouden in afwachting van haar komst.

Ze zegt dat ze moe is, Jean biedt aan haar naar huis te brengen en vraagt waar ze woont. Om niet te hoeven toegeven dat ze nergens meer woont, noemt ze een van de eerste straten waarvan ze de naam die ochtend heeft onthouden, zonder het weggebikte sint ervoor.

Met hun drieën zitten ze in een huurrijtuig, dat eerst Gustaphe bij zijn woning afzet. Hij stapt uit zonder hen te groeten.

Terwijl ze met Jean verder rijdt onder het licht van

de lantaarns, met uitzicht op de rug van de koetsier, zegt ze tegen hem: Ik woon daar niet, ze zegt: Ik woon nergens, en Jean moppert dat ze dat eerder had moeten zeggen, omdat ze nu de verkeerde kant uit gaan, maar hij zal zich over haar ontfermen, en hij roept zijn eigen adres naar de koetsier, die de paarden abrupt laat omkeren.

Zo laat ze zich meenemen naar een kamer op de vierde verdieping van een uitgewoond huis, waar hij als commensaal in is getrokken. Hij steekt een olielamp aan, het trekglas dat eromheen hoort te zitten is al gesneuveld, de vlam danst in de tocht en doet hun schaduwen meer bewegen dan zijzelf.

Nu ze alleen met hem in die rommelige ruimte staat, denkt ze aan de pilaar die ze vroeger omhelsde. Ze neemt zich voor te laten gebeuren wat er gebeuren zal, want ze moet toch een keer doen wat ze niet met een pilaar kan doen.

Vaak heeft ze zich afgevraagd hoe een vrouw een man krijgt, of daar strijd voor moet worden gevoerd, of daar bepaalde woorden of zinnen bij horen die iedereen kent behalve zij.

Toen ze nog vier keer per week in Berthes kamer zat heeft ze in een boek van een beroemde filosoof gelezen dat een vrouw het leven van een man plezierig en comfortabel moet maken, dat hij haar meester is die ze moet gehoorzamen, en dat ze op tactvolle wijze begrip moet hebben en ze kijkt naar Jean, die dwars door haar goede voornemens heen een scheet laat als een schot.

Hij zegt dat ze op zijn bed moet gaan liggen en ze doet wat Jean en de filosoof hebben gezegd, zijn handen onderzoeken wat haar eigen handen al eerder hebben onderzocht, hij schuift haar rok naar boven, scharrelt tussen haar benen, maakt haar i bloot, hij ligt zwaar op haar en hijgt zurige adem in haar gezicht, tot hij grommend klaarkomt, van haar af rolt en op zijn rug in slaap valt.

Hij heeft zijn bovenkleren nog aan, zijn broek zit rond zijn kuiten.

Aandachtig bestudeert ze zijn weer slap geworden geslacht, raakt het voorzichtig aan. Het is het zachtste vel dat ze kent.

15

Op een verveloze baarstoel die door de vroedvrouw is meegebracht baart Gisèle een zoontje. De vreugde van de geslaagde bevalling wordt overschaduwd door de botheid van de vroedvrouw die het kind blijkt te beschouwen als een nieuwe telg van de vijand, al helemaal omdat hij de uitheemse voornaam heeft gekregen van Tobias' vader.

Gisèle voedt de boreling met haar eigen zog en Tobias wil niets liever dan nu al muziek voor hem maken, omdat hij dat goed acht voor zijn ontwikkeling en vooral voor het kweken van een absoluut gehoor.

Als ze aan het werk zijn, komen de twee dochters van hun kennissen op de baby passen, de meisjes die ooit onder leiding van Tobias toonladders hebben geoefend. Ze wiegen de kleine in zijn schommelwiegje of houden hem om de beurt vast omdat de warmte van het babylijfje tegen hun jurk goed aanvoelt en dan spuugt hij over hun handen.

Gisèle werkt niet meer in de winkel, maar aan de overkant van hun straatje en komt voor het borstvoeden even naar huis toe. Dan moeten de meisjes de kamer uit en in de winkel wachten tot ze klaar is en hoort Tobias tot zijn ergernis dat ze telkens hetzelfde simpele deuntje uit een van de tentoongestelde pianofortes rammen, als een luidruchtig vertoon van onbegrip voor ware schoonheid.

Tobias heeft besloten zijn productie terug te brengen en zijn knecht te ontslaan. Te veel mensen uit de adel en de gegoede burgerij, van wie hij het vooral moet hebben, zijn weggevlucht, en wie blijft ziet zijn rijkdommen slinken of zijn bezittingen geconfisqueerd worden en overweegt niet meer de aanschaf van zoiets frivools als een muziekinstrument.

Toch blijft hij tussen de bedrijven door nadenken over een instrument dat een nog niet eerder gekend geluid kan voortbrengen, een klank waar componisten toe aangetrokken zullen worden, zodat ze er composities voor willen schrijven en hij dan op de eerste uitvoering in een prachtige concertzaal aanwezig zal zijn en horen zal wat hij teweeg heeft gebracht. Maar om te experimenteren heeft hij geld nodig.

Gisèle is al tijdens haar zwangerschap gaan werken in de drukkerij die schuin tegenover hun winkel ligt. Daar kunnen ze de opdrachten nauwelijks aan.

Ze moet er papier invochten en heeft aan het eind van de dag gerimpelde vingertoppen die ze plagerig over Tobias' wangen strijkt.

Ze brengt exemplaren mee van de vlugschriften die daar gedrukt worden en kranten met namen als *De Schildwacht* en *De Volksvriend*. Wat erin staat ligt in groeiende stapels op de tafel te schreeuwen. Ze krijgen er ruzie over, want zij wil ze lezen om te weten wat er gaande is en hij ergert zich aan de taal die wordt gebezigd.

– Is dat nou nodig, zegt hij, anderen valse broeders noemen die door het slijk moeten worden gesleurd en levend ontleed?

– Dat is niet letterlijk bedoeld, zegt Gisèle, maar hij vindt dat zoiets voor je het weet letterlijk begrepen kan worden. En wat moet hij met zo'n ontwortelende bewering over mannen die despotisch over vrouwen zouden regeren? Liefje, zegt hij, ben ik despotisch over jou aan het regeren?

En ze schenkt hem een glas wijn in en zegt dat hij dat breder moet zien en hij zegt dat hij eens flink zal drinken, zodat hij alles breder zal zien, en dan spreken ze er niet meer over.

Op een winterse avond zijn Charles en Marie-Anne in de krakende sneeuw hun straatje in gelopen om het zoontje te bewonderen, wat Tobias en Gisèle als een bijzondere eer beschouwen. Gisèle zet hen bij de stoof in de woonkamer, biedt hun koffie en zelfgemaakte petitfours aan en verontschuldigt zich dat ze geen personeel kan houden, maar Marie-Anne stelt haar meteen op een vriendelijke, moederlijke manier gerust.

De bescheiden woonkamer is gevuld met hun aanwezigheid. Hun parfums mengen zich met de koffiegeur.

Terwijl de mannen naar de werkplaats gaan, blijven de vrouwen in de kamer zitten, naast de schommelwieg. Ze tutoyeren elkaar, niet omdat dat inmiddels min of meer verplicht is geworden vanwege de gelijkheid, maar uit vertrouwen.

Marie-Anne observeert de boreling met de weemoed van wie al jaren eerder haar kinderen ter wereld heeft gebracht. Ze vraagt rechtstreeks hoe het baren is verlopen en hoe Gisèle de hoge golven van de weeën heeft doorstaan en Gisèle vertelt alsof het een gedeeld geheim is dat ze op een krakkemikkige baarstoel heeft gezeten en zo hard in de leuningen kneep dat haar knokkels uit haar vel hadden kunnen springen. Elke keer als er een wee opkwam, had ze zich verbeeld dat het de duivel was die uit een kast tevoorschijn sprong en dat ze hem er weer in moest duwen waarna ze de deuren dicht moest zien te krijgen. Zodra ze die dicht had, ging de wee liggen, maar even later sprong de duivel weer naar buiten en begon het ritueel opnieuw. Zo hield ze de weeën in de hand, zegt ze, anders hadden die haar overmeesterd.

Marie-Anne haalt een donker flesje uit een zakje dat aan haar heupen hangt en geeft het aan Gisèle. Ze zegt dat het tinctuur is van rode zonnehoed, Echinacea purpurea, en dat Gisèle ervan zal aansterken, zeker nu ze zo hard moet werken. Dat heeft ze van Charles gehoord, dat de zaken niet zo goed gaan momenteel.

Elke dag een paar druppels zal volstaan.

Daarna legt ze haar hand even op Gisèles arm en zegt dat ze zo blij is met de vriendschap tussen Charles en Tobias, omdat dat niet vanzelfsprekend is. Veel mensen zijn bang voor Charles, alsof hij hun iets zal aandoen. Nooit kunnen ze zich echt in het gewone leven storten, ze hebben wel vrienden en bekenden die bij hen komen eten, maar nooit worden ze bekeken als, ja, als gewone mensen. Er zijn andere steden waar de uitvoerder van de vonnissen een masker mag dragen, maar hier niet, hier kennen de mensen haar man niet anders dan van zijn werk en gedragen ze zich of hij een besmettelijke ziekte heeft.

Gisèle bloost. Marie-Anne ziet het niet, ze kijkt in de schommelwieg. Ze brabbelt onverstaanbare taal tegen de kleine. Dan richt ze zich weer tot Gisèle en zegt ze dat haar man geneesheer had kunnen zijn en dat ze wist, toen ze haar kinderen baarde, hoe ze hen daarmee in een traditie plaatste waar niet uit te ontsnappen viel. Haar jongste staat nu ook op het schavot, zegt ze. De eerste keer moest hij na afloop overgeven en at hij de rest van de dag niets meer, maar nu gaat het beter. Het went. Dat moet ook. Als je alles zomaar rechtstreeks naar binnen laat komen, houdt de geest dat niet vol. En wat een heerlijke petitfours.

Charles staat in de werkplaats een pianoforte te bestuderen, een bijna voltooid tafelmodel, met de precieze blik van wie gewend is te ontleden. Hij vraagt naar de kracht die de snaren op de brug uitoefenen, neemt losse onderdelen in de hand en laat ze scharnieren. Tobias heeft plezier in deze oudere vriend die niet alleen interesse heeft in de klank, maar ook in het mechaniek, en hij vertelt er in detail over, vooral over de vernieuwingen van de laatste tijd en wat die voor de muziek betekenen. In een hoek staat een half afgebouwd klavecimbel, Charles vraagt of hij daar nog aan werkt en Tobias zegt dat hij hem alleen afbouwt als iemand erom vraagt, want hij verkoopt de laatste tijd geen enkel klavecimbel meer, hij verkoopt überhaupt nog maar weinig instrumenten, zijn klanten zijn naar het buitenland gegaan of hebben te weinig geld, of ze willen alleen met assignaten betalen en die vertrouwt hij niet en het gewone volk kan al helemaal niets kopen, iedereen ziet de toevloed aan schooiers en bedelaars, maar ook zoveel hoogopgeleide jonge mensen vinden nergens meer werk op hun niveau, laatst was een classicus bij hem om werk komen vragen, een man die veel wist, maar niets van instrumentbouw. Hij had hem trouwens niet kunnen betalen ook.

– Ja, zegt Charles. Ja. En deze pianoforte, bouw hem af, ik wil hem hebben voor Marie-Anne.

16

Berthe wordt wakker in het boudoir. Voor ze opstaat, blijft ze een poosje op haar bed zitten rondkijken naar de kast, het plafond, het raam. Dit huis heeft op haar gewacht.

De salon zwijgt, de tuin staat te juichen.

Léon komt naar beneden om te vragen of ze iets nodig heeft, maar dat wijst ze resoluut af. Hij heeft boven zijn eigen leven, zegt ze, en zij beneden het hare.

– Je moet begrijpen dat ik je ook had kunnen wegsturen. Omdat we nu gelijken zijn doe ik dat niet. Maar je moet beseffen wat jouw terrein is en wat het mijne. Hebben mijn ouders je al betaald voor je werk of moet ik dat doen?

– Nee nee, dank u, alles is geregeld.

– Je moet *je* zeggen! Dank *je.*

– Neemt u me niet kwalijk.

Hij druipt af. Berthe loopt naar de keuken. Wat ze nog vindt aan eten en drinken deponeert ze op de trap, dan hangt ze een mand aan haar arm en stapt ze de zonnige dag in om nieuwe voorraad te halen van het geld dat in een beursje naast de sleutel van het kistje veilig om haar hals hangt.

De rustige, lommerrijke buurt waar ze opgroeide is in de jaren van haar afwezigheid nauwelijks veranderd.

Twee hoeken verderop zijn een paar winkels met felbeschilderde puien. De beenhouwer heeft een mes op zijn uithangbord laten schilderen. Voor de bakkerswinkel staat een rij klanten zwijgend op hun beurt te wachten. Ze weten niet wie Berthe is, Berthe heeft zelf nooit boodschappen hoeven doen.

Weer thuis eet ze brood en worst, zittend in de schaduw van de eik, en er welt een aangename tevredenheid in haar op, want ze heeft geld en een benedenverdieping en een tuin en een eigen leven, waarin ze van alles kan gaan doen. Misschien schrijfles geven aan mensen zonder een behoorlijke opleiding, misschien klavecimbelles. Maar er staat geen klavecimbel meer in de salon, die hebben haar ouders zeker meegenomen.

Ze wil naar een kleermaker, een die haar niet kent. Daarom neemt ze een fiaker naar de overkant van de rivier en laat zich naar een zaak van goede reputatie brengen.

Ze wil eigentijdse, lichte, sobere kleren, zegt ze, en de coupeuse spant haar meetlint om Berthes volle lijf, terwijl Berthe haar armen gestrekt houdt en ze tegen niemand in het bijzonder de zinnen aanhaalt die haar zus altijd zei wanneer die met uitgestrekte armen zat te geeuwen: Als ik later getrouwd ben hang ik dáár een schilderij en dáár een schilderij.

Weer buiten neemt ze nog een rigoureus besluit. Ze wil een klavecimbel kopen. Omdat ze niet weet waar ze die kan vinden, vraagt ze het aan willekeurige voorbijgangers en na vijf pogingen is er iemand die haar de weg wijst naar een smal straatje op loopafstand en daar ziet ze achter de ruit niet alleen klavecimbels staan, maar ook de instrumenten waarover ze heeft gelezen en die ze nog nooit heeft uitgeprobeerd. Pianofortes worden ze genoemd. Er zitten hamertjes in.

Ze stapt naar binnen en wordt begroet door een vriendelijke bleke vrouw. Dat ze wel zo'n pianoforte wil proberen, zegt ze, maar dat ze er nog nooit op heeft gespeeld. Meteen mag ze achter een van de instrumenten plaatsnemen. Ze kiest de mooiste pianoforte, gaat op de kruk zitten en bekijkt het ivoor en ebbenhout van de toetsen. Voorzichtig slaat ze twee akkoorden aan en dan speelt ze een melodie die ze als kind heeft geleerd en later terughoorde in de cafés met een nieuwe tekst erbij en ze vraagt zich af hoe het mogelijk is dat ze al die voorbije jaren heeft geleefd zonder muziek te maken.

– Ik kan het nog, zegt ze, en ik koop dit instrument. Ik koop het. Ik ga er niet te lang over nadenken.

Ze wordt gefeliciteerd. De verkoopster zegt dat haar man, die nu afwezig is, zo'n aankoop altijd met goede wijn wil vieren, en of ze haar een glas kan aanbieden?

En dan zitten ze daar te drinken, die twee vrouwen, en Berthe merkt dat de andere vrouw nieuwsgierig naar haar is, ze gaat zelfs zo ver haar te vertellen dat ze met haar verleden heeft gebroken, dat ze een nieuw leven begint en dat daar muziek bij hoort. En de verkoopster vertrouwt haar toe dat haar man een buitenlander is en dat ze zich wel eens zorgen maakt over de toekomst, omdat er zoveel conservatieven naar zijn geboorteland vluchten, waardoor hij vanwege zijn afkomst met argwaan wordt bekeken.

– Wij horen hier, zegt ze. En hij is absoluut niet van plan om weg te gaan.

Een paar dagen later wordt de pianoforte thuisbezorgd en in de salon neergezet. Berthe geeft het instrument de ruimte die er is, ze wil er zo aan kunnen zitten dat ze, wanneer ze opkijkt, de tuin met de eik kan zien. De jongeman die hem samen met een drager naar binnen brengt, controleert nog even of er geen tonen zijn gezakt en wenst haar daarna veel geluk.

Zodra hij weg is grasduint ze in de bladmuziek die ze in de boudoirkast heeft gevonden en begint ze te spelen. Alle ervaring die jarenlang niet is aangesproken, komt terug, in haar vingers groeit de souplesse. De tuindeuren staan open, de muziek waait de wereld in.

Op een ochtend hoort ze stemmen in de hal die ze niet kent. Ze kan het niet laten even om de hoek van de salondeur te kijken. Léon staat daar met drie andere mannen. Ze wil zeggen dat ze begrijpt dat die nu eenmaal door de hal moeten, maar kan zulk luidruchtig gepraat niet beter voor boven worden bewaard – maar ze zegt: Goedemorgen, je hebt bezoek?

– Heeft u er last van? vraagt Léon meteen.

– Je zou me tutoyeren.

– We zijn in een oogwenk weg, zegt hij, we gaan naar het marsveld.

En hij vertelt dat ze gaan helpen bij de voorbereiding van het grote feest en dat iedereen die de nieuwe orde toejuicht gevraagd is mee te komen helpen, want anders is het allemaal niet op tijd klaar.

– Ach ja, natuurlijk, ik weet het.

– Komt u ook helpen? vraagt een van de anderen, iedereen moet komen helpen.

Ze zegt dat ze het in overweging zal nemen en trekt haar hoofd terug, terwijl ze denkt: is het eerste grote feest van de nieuwe vrijheid al zo beroerd georganiseerd dat iedereen moet komen helpen omdat het anders misgaat?

Ze hoort de voordeur dichtslaan, met de kracht waarmee haar vader die vroeger dichttrok. Dit huis is nog altijd van haar familie en uiteindelijk past Léon er alleen maar op, dus ze kan best even boven gaan kijken hoe de zaken ervoor staan.

Ze loopt de brede trap op. De eerste treden maken een bocht en ze herinnert zich weer hoe ze als kind dan een extra stapje moest zetten zodat het vier keer achter elkaar hetzelfde been was dat haar een trede hoger hielp, ze wilde onthouden welk been aan de beurt was geweest en de keer erna het andere been gebruiken, omdat anders haar ene kuit dikker en gespierder zou worden dan de andere.

Op de eerste verdieping loopt ze de brede overloop op en opent ze een voor een de deuren. Het ruimste vertrek staat vol met hoge vazen, beelden, zilverwerk en schilderijen. Die zijn dus niet mee naar het buitenland. Dit is zeker Léons manier om op het huis te passen. De kamer ernaast is duidelijk hun woonkamer geworden, ze ziet er een bergère en een sofa staan die in de salon thuishoren en in de hoek staat een eenvoudige houten tafel met stoelen die ergens anders vandaan zijn gekomen. Eén kamer verder slapen ze blijkbaar. Rond een lampetkan is water gemorst dat het parket heeft uitgebeten en er slingeren kleren.

Opeens ziet ze een slapend vrouwenhoofd boven een wirwar van dekens uitsteken. Zwart haar, een spitse neus, wangen vol rode vlekken. Die vlekken zijn niet normaal, ze zal ziek zijn, ze heeft een besmettelijke ziekte, er ligt een besmettelijk zieke vrouw in haar huis en Léon heeft er niets over gezegd.

Als ze weer op de overloop staat, hoort ze de mannen, ze zijn teruggekomen, ze hebben zeker iets vergeten.

Zodra ze Léon de trap op ziet komen, zegt ze: Wat moet dat? Een besmettelijk zieke hier in huis en je zegt dat niet?

Hij wil zich verontschuldigen, maar Berthe ziet de vertrouwde onderdanige uitdrukking op zijn gezicht veranderen in een strenge en resolute blik.

– Wat doe je hier! Dit is míjn woning! We zouden niet in elkaars woning komen! Zij is mijn vrouw!

– Dit is nog altijd míjn huis! Je zou erop pássen! En geen besmettelijke ziekten binnen brengen!

Léon verdwijnt achter de deur van zijn woonkamer. Ze staat een poosje besluiteloos op de overloop, neemt dan de trap naar beneden en schiet langs de mannen die in de hal op Léon staan te wachten de salon in. Ze moet zich er maar niet mee bemoeien. Of moet ze zeggen dat hij niet meer op het huis hoeft te passen, dat hij beter naar zijn eigen huis kan gaan? Misschien heeft hij geen huis meer. Of misschien neemt haar familie het haar erg kwalijk als ze hem niet laat doen waarvoor hij is aangesteld.

Na een uur doelloos rondhangen en ongeïnspireerd pianoforte spelen besluit ze naar het marsveld te gaan om te kijken wat daar aan de hand is. Misschien gebeurt er wel iets wat ze in het licht van de nieuwe tijd niet mag missen.

Onderweg valt haar al de toenemende drukte op, en het marsveld zelf is een mierenhoop. Iedereen staat te scheppen, loopt te sjouwen of duwt kruiwagens vol aarde voort, kinderen en volwassenen, mannen in werkplunje, dames in lange jurken. Er moet een fikse heuvel worden opgegooid, er moeten triomfbogen met bloemen worden versierd, er moeten tribunes worden gebouwd, immense tribunes.

Misschien moet ik hier inderdaad aan meedoen, denkt Berthe, en ze laveert tussen enthousiaste werkers door naar iemand die orders geeft. In een haag van welbehagen en verwachting zoekt ze haar plek, een schop heeft ze al, die is haar in handen gegeven, ze sluit zich aan bij een groepje vrouwen en begint te scheppen, ze is het niet gewend, maar merkt dat al dat zweten en blazen haar voldoening geeft, ze daagt haar stevige lichaam uit.

Aan het eind van de dag is de heuvel half gevorderd, kinderen rennen naar boven, vanwaar ze de menigte bezwete, bemodderde mensen kunnen overzien.

Ook Berthes flakkerende geestdrift gloeit op met elke moeizame schep. Dit is aanbidding met de handen, dit is één grote kluit saamhorigheid, een massaal zich verheugen op een feest dat komen zal.

Als ze tussen al die anderen achter trommelaars en fluitspelers aan het terrein weer verlaat, loopt ze arm in arm met twee vrouwen wier naam ze niet kent. Ze vraagt er niet naar, ze zijn een menigte.

En ze is erbij, op dat buitenmaatse feest, dat feest waar men hoort te zijn als men zijn eigen tijd liefheeft, om later te kunnen zeggen: Ik was erbij, en om iedereen die het niet heeft meegemaakt scheef aan te kunnen kijken, wat voor redenen ze ook zouden aangeven, hoezeer ook op waarheid gestoeld. Ze heeft zelfs bijgedragen aan het opwerpen van de heuvel voor het altaar van de natie, waar van alles op geschreven staat dat te ver weg is om te kunnen lezen. Het enige, in meer dan manshoge letters, wat haar ogen bereikt is: De Natie De Wet De Koning.

Waarom niet ook Het Volk, denkt ze, maar misschien hoort dat al vanzelf bij De Natie, en zo is het een vertrouwde drievuldigheid.

Ze zit ergens achteraan op een van de tribunes, tussen een vrouw die jubelend naar knoflook ruikt en een jongen van een jaar of tien.

De vrouw vertelt dat ze met haar man en nog anderen uit haar dorp in twee dagen te voet naar de stad zijn gekomen om erbij te kunnen zijn. Het kind kijkt zijn ogen uit, maar vraagt zich algauw hardop af wanneer er echt iets gaat gebeuren en of er misschien ook luchtballonnen zullen opstijgen, zijn moeder zegt dat hij geduld moet hebben, dat dingen alleen maar met geduld in orde komen en met een orde waar geduld bij hoort.

Na een halfuur moet het kind een plas, het schuift aan de hand van zijn moeder voor de andere toeschouwers langs.

Ze komen niet meer terug. Hun plaatsen blijven leeg en Berthe denkt opeens aan Catho, verbeeldt zich dat die naast haar zit en dat ze met de woorden De Natie De Wet De Koning een spel spelen om de tijd te doden, dat ze bijvoorbeeld met die letters andere woorden zoeken. Ze denkt aan haar zus met haar kind dat ze nog nooit heeft gezien, aan haar vader die dacht zijn leven naar eigen goeddunken te kunnen besturen, aan haar moeder die nu met al haar fatsoen en godsvrucht een vijand van het volk is geworden. Ze overschouwt de menigte om haar heen en oefent zich in de gedachte dat al deze patriotten samen misschien wel een nieuwe familie vormen, een erg grote familie, honderdduizenden mensen, die wat benauwd tegen elkaar aan op de tribunes zitten of op het zompige gras staan.

De hele ochtend regent het, de feestkleuren kunnen niet stralen, onder het rood-wit-blauw van het tentdoek zit de koning, die te laat is gearriveerd, een beetje ineengedoken alsof hij deze dag liever in de heuvels op wild had gejaagd, en de koningin die de nieuwe kroonprins aan het volk toont, nu haar oudste zoon is overleden. Er zijn nog zovelen die in vervoering denken: zij zitten daar in levenden lijve dezelfde lucht in te ademen als wij.

De nationale garde op het marsveld besluit een reidans te doen zodat er al het een en ander beweegt voordat de lange stoet die door de straten trekt het feestterrein heeft bereikt. Die is te laat vertrokken en iedereen loopt langzamer dan gepland, er vallen gaten die met haastig doorstappen worden gedicht zodat er daarachter nieuwe gaten vallen, maar ze komen, de muzikanten, de trommelaars, de soldaten te paard, de volksvertegenwoordigers, bestuurders, gedeputeerden uit de departementen, de bejaarden die af en toe even willen stilstaan om uit te rusten, de kinderen die een voor hen vervaardigd doek meedragen waarop staat dat ze de hoop van de natie zijn. De damesfederatie had ook mee willen lopen, maar werd geweigerd.

De balkons puilen uit van de toeschouwers, vele in tranen, ze roepen en jubelen en eindelijk lopen de rijen onder kanongebulder door de triomfboog het marsveld op en hebben ze nog eens twee uur nodig voordat iedereen op zijn plek staat.

De koning en een generaal posteren zich op het altaar van de natie, ze steken hun arm schuin omhoog – de eed en groet van de klassieken – en de honderdduizenden staan recht en doen hetzelfde, terwijl er een oergejoel opstijgt.

Als ze weer zitten begint een immens koor vaderlandse liederen te zingen en Berthe voelt een lichte jaloezie, ze zou tussen hen in willen staan om mee te doen.

Dan is het tijd voor de toespraken, het zijn er veel en ze verstaat ze nauwelijks. Haar buurvrouw is zo moe geworden dat die in slaap is gesukkeld op Berthes schouder, wat ze bij wijze van zusterschap maar toestaat, hoewel de knoflookadem haar benauwt en ze door het gesnurk nu helemaal geen woord meer verstaat.

De zon breekt door en droogt haar kleren. Voorzichtig, om haar buurvrouw niet wakker te maken, heft Berthe haar hoofd op en kijkt ze naar de lucht, naar de wolken die onverstoorbaar voorbijdrijven alsof ze dit al vaker hebben gezien, zo'n enorme hoop geëxalteerde mensen bij elkaar.

Te veel sprekers willen te veel zeggen dat al gezegd is, maar de toeschouwers zijn geduldig. Het feest wordt in de hand gehouden.

Als de tribunes leegstromen en Berthe zich een weg zoekt tussen de anderen door, ziet ze een kar met een lijkkist erop, voortgeduwd door luidruchtige mannen. Op de kist zijn met onbeholpen hand padden, adders en ratten geschilderd die hoeden dragen, het soort hoeden dat was voorbehouden aan de adel en de geestelijkheid. Haar vader droeg zo'n hoed wanneer hij de deur uit ging.

17

De vondelinge die zich nu Claire noemt, haalt langzaam terug waar ze is. Niet in het hospice, niet op straat, maar in het bed van een man, ze heeft voor het eerst met een man geslapen, hoe heet hij ook alweer.

Jean.

Het is Jean die aan haar schouder trekt en zegt dat ze weg moet, omdat hij gaat werken.

– Ik kan wachten tot u terug bent, zegt ze, terwijl ze haar kleren op hun plaats hijst, ik zal het hier opruimen en schoonmaken.

Hij bromt dat ze onmiddellijk moet vertrekken.

– Kan ik dan wat spullen laten liggen voor vanavond?

Wat hem betreft is er geen vanavond, ze hoeft zich niet meer bij hem te vertonen, hij duwt haar de donkere trappen af naar de voordeur. Buiten beent hij meteen van haar weg, terwijl hij nog een laatste gebaar maakt, alsof hij lucht naar haar toe wil duwen.

Als ze een stuk brood wil kopen ontdekt ze dat er haast geen geld meer in haar buidel zit. Iemand heeft het meeste eruit gehaald, ze weet niet wie. Ze heeft geen bewijs dat Jean het heeft gedaan, het kan ook eerder gebeurd zijn, in het café, in het theater.

Er is nog net genoeg over om de dag mee door te komen.

Ze zal werk moeten vinden, schoonmaakwerk, het is het enige waar ze haar goed in hebben getraind, en iedereen heeft wel iemand nodig die schoonmaakt, de hele wereld moet onafgebroken worden gesopt en geschrobd en schoongeveegd.

Die dag bezoekt ze leerlooiers, bakkers, beenhouwers en schrijnwerkers en biedt hun haar diensten aan, maar de meesten zeggen dat ze geen geld meer hebben om nog iemand in dienst te nemen, tot er dan toch een zadelmaker is die haar vuil geworden kokarde ziet zitten en haar wel wil aannemen, op voorwaarde dat ze niet meer van hem vraagt dan het eten dat ze zal krijgen en het bed dat nog van zijn zoon is geweest.

Ze blijft er drie weken, maakt er de vloeren schoon, poetst het koper op tot ze zichzelf weerkaatst ziet als in een lachspiegel, doet de boodschappen, brengt vuile kleren naar een wasvrouw en slaapt in de alkoof waar hun zoon heeft geslapen, in een lucht van leer en olie.

Na een week komt de zadelmaker 's nachts naar haar toe, maakt haar met een kniestoot wakker en zegt dat ze hem moet troosten, want zijn vrouw kan hem niet troosten, niemand kan hem troosten, maar zij is nog jong, zij kan de dood uit zijn gedachten verdrijven, en hij penetreert haar in gespannen stilte tot hij een raspende langgerekte letter m laat horen.

Dan sluipt hij weg, naar de slaapkamer die hij met zijn vrouw deelt.

Overdag durft ze de vrouw haast niet meer aan te kijken, hoewel die haar vriendelijk blijft behandelen, misschien vermoedt ze niets, misschien vindt ze dat de vondelinge ook dat werk maar voor haar moet opknappen.

In haar hoofd duwt ze de tederheid die Berthe haar heeft leren kennen opzij. De luiken moeten dicht blijven, als ze alles laat komen zoals het komt, hoeft ze zich geen vragen te stellen. Zij had net zo goed dood kunnen zijn, maar dat is ze niet.

Ze oefent zich erin om haar lichaam als een mechanisme te zien, losgekoppeld van haar hoofd. In haar levende lichaam wil hij zijn dode zoon vergeten, zij offert zich voor iemand die ze nooit heeft gekend.

Na drie weken vertrekt ze zonder afscheid te nemen.

Ze zegt dat ze boodschappen gaat doen en krijgt wat geld mee, ze weet haar buidel onopgemerkt buiten de deur te krijgen en loopt door, loopt domweg door, niet de inmiddels bekende weg naar de wasvrouw, de bakker of de beenhouwer, maar een straat in die ze toevallig links of rechts van haar ziet, en weer overvalt haar dat weidse gevoel van vrijheid, ze laat haar benen ergens heen gaan, ze zegt: Benen, breng me maar ergens heen, het maakt niet uit, ga jullie gang, beweeg.

Ze rust even uit tegen een muur waar een politieverordening op geplakt zit, de mededeling dat niemand vermomd of gemaskerd over straat mag lopen, op straffe van boete of gevangenis.

Ga maar weer verder, benen, en de benen brengen haar naar de rivier, waar ze over een kademuur bungelen terwijl ze naar de overkant zit te kijken, naar een enorm gebouw, met aan weerszijden twee vleugels als een omarming. Het lijkt of er tussen de dakramen dikke dienders staan, stramme dienders die op het gedoe onder zich letten, maar niet kunnen afdalen naar de straat. Het kunnen ook immense vazen zijn, lege vazen.

Het is daar, terwijl ze op die kademuur de tijd door haar vingers laat sijpelen, dat ze iemand haar nieuwste naam hoort roepen en ze achter zich de man ziet staan van wie ze nog weet dat hij Gustaphe heet.

Hij wenkt haar en als ze bij hem staat vraagt hij of ze die avond, toen, na het theater, nog goed thuis is gekomen, en ze vertelt hem dat ze helemaal geen huis heeft en met Jean was meegegaan, maar niet mocht blijven, en dat ze gewerkt heeft bij een zadelmaker, ze vertelt het en Gustaphe vloekt en zegt dat hij wel wist dat Jean onbetrouwbaar is, hij zegt dat ze eerder had moeten laten weten dat ze geen huis heeft, zijn bovenverdieping staat al een jaar leeg, ze kan met hem mee, ze kan voor hem model staan, en hoewel ze zich al een week niet heeft gewassen, zegt hij dat ze de juiste frisheid uitstraalt, dat ze er zo jong uitziet, dat ze symbool kan staan voor de toekomst en de vrijheid, en de vondelinge begint te denken dat de god die God heet, of zijn zoon die haar ooit bevrijdde van het bedplassen nog steeds op haar let en zich over haar ontfermt en deze Gustaphe naar haar toe heeft laten komen, maar ze zegt het niet hardop, want ze weet dat Gustaphe daar niets van moet hebben, hij moet zelfs niets hebben van het altaar dat op het marsveld is gebouwd voor het vaderland, dat is in zijn ogen misplaatst hergebruik van oude symbolen, terwijl er nieuwe, zuivere symbolen moeten komen, zoiets herinnert ze zich dat hij die avond in het café zei, net voor hij zijn glas per ongeluk omstootte.

Zo komt het dat Gustaphe haar meeneemt, hij loodst haar zijn werkplaats binnen, waar een kast staat en een onopgemaakt bed, en zijn schilderijen met hun achterkant naar voren tegen de wand leunen alsof ze te verlegen zijn om zich te vertonen. Hij leidt haar naar de bedompte eerste verdieping. Achter een klein stoffig raam ziet ze de straat en de hogere huizen aan de overkant.

Hij zegt dat hij naar zijn stamcafé wil. Ze mag niet mee, ze kan beter thuisblijven om alles boven in orde te maken.

Zodra hij weg is draait ze beneden even een vijftal schilderijen om. Er staan andere jonge vrouwen op, in houdingen die haar vermoeiend lijken. Als die de vrijheid moeten voorstellen, dan heeft de vrijheid veel gezichten.

Er zit een gele vlek op de vloer, als een zon, met kleinere slierten eromheen in andere kleuren.

Ze opent de kast, bekijkt de materialen, de pigmenten. Er ligt een oud boek met tekeningen van gezichtsuitdrukkingen. De vreugde, de jaloezie, de lach, de verbazing, met een hele uitleg erbij hoe die getekend moeten worden. Ze ziet de zilveren rammelaar. Onder de laagste plank hangt een verstopt laatje. Ze moet bukken om het te zien. Er zit geld in. Gustaphe heeft geld. Ze sluit de kast en loopt naar boven. Daar trekt ze een voor een de vrouwenkleren aan die er rondslingeren. Ze zijn haar maat niet en ze stinken.

18

Twee maanden oud is het zoontje met de buitenlandse naam inmiddels, het brabbelt en pruttelt al iets onverstaanbaars en Gisèle en Tobias antwoorden op zijn geluiden alsof ze hem verstaan en hun zoontje glimlacht naar hen en spartelt alsof het niet kan wachten om te kunnen lopen.

Op een dag passen de dochters van hun kennissen weer op de kleine, ze wiegen hem, zetten hem op hun schoot, leggen hem weer in zijn bedje en lachen met elkaar om dingen die ze vermoeden en half begrijpen.

Tobias is in de werkplaats bezig de pianoforte af te bouwen, als een van hen in paniek komt binnenrennen en zegt dat het kind zo blauw ziet.

Hij stuift naar de woonkamer en buigt zich over de schommelwieg. Hij schudt aan het kind, maar het reageert niet. Hij houdt een wijnglas voor zijn mondje om te zien of zijn adem er een mat plekje op maakt.

– We hebben niets gedaan! jammeren de meisjes, maar hij slaat ze, hij die nooit iemand slaat, hij slaat de meisjes de deur uit, ze gillen dat ze niets verkeerds deden, dat het plotseling gebeurde terwijl ze dachten dat hij sliep.

En dan komt Gisèle met gespannen borsten binnen

en hij roept: Het is opeens gebeurd! Het is opeens gebeurd! en het bloed trekt uit haar gezicht, terwijl er twee ongeduldige rondjes melk door haar kleren dringen.

Ze staren naar hun kindje alsof ze hem wakker kunnen kijken, alsof Tobias hem met al zijn fijntechnische kennis nog kan repareren. Maar die ijdele hoop houdt geen stand, wordt overspoeld door paniek, de paniek van de onomkeerbaarheid. Gisteren is een eeuw geleden. Hun eerstgeborene is doodgegaan.

Hebben de meisjes misschien te hard met hem geschommeld? Hebben ze hem iets verkeerds gegeven? Heeft hij een klap gekregen? Ontbrak er al bij de geboorte iets in zijn lichaampje wat ze niet konden zien?

Ze moeten het weten. Als er iets is wat kan verklaren waarom ze hun kind niet mogen houden, kunnen ze het misschien begrijpen in plaats van zichzelf te verwijten dat ze er niet bij waren toen het gebeurde.

Tobias loopt naar buiten, de kou in die hij niet voelt. Op de hoek houdt hij een fiaker tegen, hij rijdt regelrecht naar Charles, halverwege de heuvel, omdat Charles immers weet hoe een mens in elkaar zit en omdat ze willen, nee, moeten weten of er iets mis is geweest in het lijfje van hun eerstgeborene, of er iets scheef heeft gezeten of op de verkeerde plaats, of hij een klap op zijn hoofdje heeft gekregen of iets heeft gegeten wat nu ergens dwars in zijn ingewanden zit.

Charles is net thuis van zijn werk, hij heeft zijn verplichte bloedrode jas uitgetrokken en zich gewassen. Marie-Anne ontvangt Tobias, zijn woorden stuiteren en in haar bijzijn begint hij te huilen. Ze zet hem in de eetkamer in een bergère, haalt een glas rode wijn en zit zwijgend bij hem.

– Ik weet dat het kan gebeuren, zegt hij, maar die kleine hoorde al zo bij ons. Nu zullen we voorgoed anders met ons tweeën zijn dan we vóór hem met ons tweeën waren. Hij was al zo aanwezig.

Charles komt binnen, condoleert zijn vriend met een hand op de schouder en Tobias zegt nog een keer dat ze willen weten of er iets verkeerd is gegaan, of de meisjes te hard met hem hebben geschommeld, of ze hem iets verkeerds te eten hebben gegeven, of ze hem op zijn hoofdje hebben geslagen, of er iets in zijn lichaampje fout zat.

– Ik zal het onderzoeken, zegt Charles meteen, ik kom mee om het – om hem op te halen. Soms mankeert zo'n kindje niets en gebeurt zoiets plotseling, Gods wegen zijn ondoorgrondelijk.

Gisèle heeft het lijkje in een oude deken gewikkeld en als ze begrijpt dat Charles het komt halen, legt ze het bundeltje in zijn armen. Terwijl Tobias zijn vriend vergezelt naar de koets die op de hoek staat te wachten, sleurt en trekt Gisèle het schommelwiegje naar de berging in de werkplaats, omdat ze iets moet doen van zichzelf, want er gaan veel kinderen dood en vaak hebben die dan nog niet eens een naam, hun kind wel, ze kunnen over hem blijven praten en zijn naam noemen, maar dat wiegje moet weg, dat is nutteloos geworden.

Tobias ziet bij terugkomst dat ze het wiegje door het deurgat van de berging trekt.

– Hoe kun je dat doen! Hoe kun je het nu al wegzetten!

– Omdat ik het niet wil zien! roept ze van achter de deur.

– Maar we kunnen hem toch niet zo snel wegzetten?

– Hém zet ik ook niet weg. Hem zal ik nooit. Zal ik nooit. Hoe kun je denken dat ik zo denk?

Ze loopt op hem af alsof ze tegen hem op wil botsen. Tussen de instrumenten, de houtkrullen en de halfopen laatjes met losse hamertjes en snaren blijven ze elkaar omhelzen alsof ze nooit meer een stap willen verzetten.

Charles laat zich door zijn koetsier terugbrengen naar zijn huis halverwege de heuvel. Het dode zoontje van Tobias en Gisèle zit verstopt in een muffe, vervilte deken met een brandgaatje erin alsof het kind toch nog even naar buiten mag kijken om te zien in welke wereld het niet zal opgroeien. Charles houdt het in zijn armen en het schudt mee met zijn vijftigerslijf, terwijl ze over de kasseien hobbelen en de koetsier de chaos van overstekers, karrenduwers en loslopende honden en varkens probeert te ontwijken.

De kou is kaal en scherp, Charles ziet zijn adem uit zijn mond walmen en langs zijn oren wegwaaieren.

Op de binnenplaats van zijn woning stapt hij uit.

Hij zoekt niet naar Marie-Anne, die nu samen met alle aanwezige huisgenoten in de eetkamer het avondgebed doet, haar hoofd lichtjes naar de luchter geheven, haar vaste ritueel van woorden helder en hoog uitsprekend waarna de anderen de antwoorden prevelen die ze al kennen. Al houdt hij van dit gebruik dat zich elke ochtend en avond herhaalt als twee stutten aan weerszijden van een dag bloederig labeur, deze keer loopt hij meteen door naar zijn anatomische werkplaats voorbij de stallen.

Terwijl hij achter de muur de paarden hoort snuiven, haalt hij de zuigeling uit de deken en legt hem behoedzaam op de snijtafel. Hij ontbloot het lijfje, overziet de kromme armpjes en beentjes en het bolle oudemannetjesgezicht, dat meer de trekken van Charles' vriend lijkt te vertonen dan van diens bleke vrouw.

Hij drukt een kus op het koude voorhoofdje en snijdt dan het lijfje open, vouwt de huid van borst en buik opzij, baant zich een weg voorbij de spiertjes, de zenuwen en de botjes en ziet de perfecte kleine ingewanden van nieuw vlees.

Nergens ontwaart hij een spoor van geweld, van breuken of inwendige bloedingen, er blijkt niets verkeerds in de slokdarm te steken en niets vreemds in het maagje.

Met behoedzame kracht zaagt hij het schedeltje open en ziet de weke hersentjes waarin de zuigeling nog maar een fractie moet hebben opgenomen van wat er tijdens een lang leven in verstouwd kan worden aan kennis en schrikbeelden, liedjes en verlangens, Charles denkt dat er hoogstens de herkenning van een paar vertrouwde reuzen in is opgeslagen, hun geur, en wat onbenoemde kleuren. En de dorst. En het licht.

Hij plaatst het schedeldak terug, legt alle ingewanden recht en herstelt het vel enigszins door het met grove steken aan elkaar te naaien, waarna hij het lijkje in een ronde glazen bokaal zet, de beentjes opgetrokken, het hoofdje naar beneden hangend alsof het in slaap is gevallen. Het zieltje is naar zijn overtuiging allang in de hemel gearriveerd.

Het kindje is volledig omgeven door pure alcohol, als nieuw vruchtwater. Charles sluit de bokaal en hangt er een witte doek overheen om de zuigeling aan zijn zicht te onttrekken. Dan wast hij zich opnieuw en trekt hij andere kleren aan.

In de eetkamer is de gebedsstonde voorbij.

Marie-Anne, die weet dat hij naar de instrumentmaker is geroepen, kijkt als Charles binnenkomt polsend naar hem op en hij antwoordt door zijn lippen strak te trekken en zijn handpalmen naar boven te richten.

Terwijl ze de bedienden vraagt hem zijn wijn in te schenken, schrijft hij in de antichambre een verklaring en laat die door een van zijn koetsiers aan Tobias en Gisèle bezorgen.

De winkel is al gesloten en het duurt lang voor het geklop op hout en glas tot hen doordringt. Ze nemen de brief in ontvangst en vragen de koetsier zijn meester heel hartelijk te bedanken voor zijn hulp.

Zodra die zijn rug naar hen heeft gekeerd glippen ze weer naar binnen en openen de omslag om te lezen dat hun jongetje geen enkel gebrek heeft vertoond, dat er ook geen inwendige bloedingen of andere tekenen van geweld of verkeerd voedsel zijn aangetroffen en dat dit dus een geval moet zijn van die mysterieuze dood die zich plotseling bij zeer jonge kinderen kan manifesteren en waar men niets anders aan kan doen dan de raadselen van het Opperwezen te aanvaarden.

Dat hij volmaakt was, zeggen ze tegen elkaar.

De dagen daarna kan Gisèle de gedachte niet onderdrukken aan dat opengesneden lijfje, aan de executeur die met zijn handen in hun zoontje heeft gezeten, die vriend van Tobias die veel meer van hun kind heeft gezien dan zijzelf, hij heeft zijn hartje gezien, zijn longen, zijn darmpjes, het inwendige van zijn oortjes, zijn hersentjes misschien ook wel, terwijl zij alleen zijn buitenkant heeft gekend. Het beeld van haar opengesneden zoontje laat haar maar niet los, ze wil er met Tobias over praten, ze begint erover, maar Tobias onderbreekt haar en zegt dat het voor hen de enige manier is geweest om gerustgesteld te worden, om te weten dat ze het niet hadden kunnen voorkomen, en dat er zoveel meer mensen zijn die hun kind maar even hebben mogen houden, en hij neemt haar hand vast en volgt, eerst met zijn ogen, daarna met de wijsvinger van zijn andere hand, de blauwe aders die door haar dunne vel heen schijnen tot ze onder haar mouw verdwijnen.

– Waar is hij nu, vraagt ze, moet hij niet begraven

worden? Heeft je vriend alles teruggestopt, is hij nog wel compleet?

– Hou toch op, zegt Tobias, hij is er niet meer, hij is er niet meer, hoor je, hij is er niet meer.

Een week later zit Tobias weer bij Charles achter het klavecimbel om samen te musiceren. De nieuwe pianoforte die hij voor hen heeft gebouwd staat in een ander vertrek en dat spijt hem, want hij speelt daar liever op dan op een klavecimbel.

Tobias is er met zijn hoofd en hart niet echt bij.

– We hebben hem te gauw een naam gegeven, zegt hij tussen een allegro en een andante door, nu hebben we alleen zijn naam als een lege huls. Hij is genoemd naar zijn grootvader en die leeft nog.

Volgens Charles staan de namen van stervelingen in de palm van Gods hand geschreven, daarom moest hun zoon een naam hebben, want hoe eindeloos groot die hand ook is, een omschrijving zonder naam wordt wel erg onduidelijk. En zijn ziel is daar al ergens, zegt hij met overtuiging, die is daar nu, volmaakt en jubelend, zijn lijfje is maar een omhulsel.

Ze oefenen een air uit *Iphigeneia in Aulis*, maar al na zeven maten knapt de la-snaar met een harde dissonant. Charles heeft een reservesnaar in zijn kist liggen, hij gaat zitten met de viool op zijn schoot en spant die op. Nieuwe snaren kunnen weerbarstig zijn, alsof ze eerst de spanning moeten leren verdragen, deze zakt telkens een halve toon terug. Het stoort Tobias dat Charles dan abrupt stopt om even aan de stemknop te draaien.

– Kan ik het zien? vraagt hij opeens.

– Er is niets aan te zien, het is goed zo.

– Waarom mag ik het niet zien?

– Wat dan? bromt Charles. Ik weet genoeg van snaren.

Hij houdt zijn viool met een ongeduldig gebaar voor de ogen van Tobias.

– Nee, het omhulsel. Zijn lijfje. Heb je hem heel gelaten?

En Charles zegt ja, hij heeft hem heel gelaten, had hij hem terug moeten geven? Naar een begraafplaats moeten brengen?

– Nee nee, zegt Tobias. Hij weet ook wel hoe het er daar aan toegaat. Grafschenners, honden op zoek, dieven die de planken weghalen waartussen de doden liggen te rusten om het hout in de haard op te stoken. En zelfs als dat niet gebeurt, dan ligt hij daar alleen.

– Ik wil hem zien, zegt hij.

– Doe dat maar niet.

– Waarom niet, het is mijn kind.

Traag legt Charles zijn viool in zijn kist, ontspant hij de strijkstok en steekt die achter de klemmen in het deksel. Daarna gaat hij Tobias voor, langs de perken en de paardenstallen naar zijn werkplaats.

Hij wijst de witte doek aan waaronder de bokaal verscholen staat en Tobias kijkt ernaar alsof het een standbeeld is dat hij moet onthullen. Hij legt beide handen rond de bokaal zoals een mens bij het middel wordt vastgepakt.

– Hier is hij dus, in een nieuwe baarmoeder.

– Ja, zegt Charles.

– Nu weet ik het. Hier komt geen sneeuw en regen. Bewaar hem met zorg.

En er volgt geen onthulling. Hij draait zich om, verlaat de werkplaats en vraagt of een van Charles' koetsiers hem naar huis wil brengen, zodat hij niet op een fiaker hoeft te wachten.

Terwijl Tobias wegrijdt door het donker, draait Charles zich om, hij loopt terug naar de eetkamer, spant en harst zijn strijkstok, pakt zijn viool met de nieuwe snaar van schapendarm erop die nu eindelijk zijn plaats en zijn toon weet, en speelt.

19

Het is het derde jaar van de vrijheid, het is juli, het is het mooie weer dat iedereen in juli verwacht. De zon brandt op de daken, werpt schaduwen in smalle straten met hoge huizen, verguldsel schittert op trotse gebouwen, in de rivier dansen lichtjes en het vuil droogt op aan de kasseien en vergroeit met de goten.

De pleinen zijn de open woonkamers van wie zijn ideeën niet in een van de vele clubs ventileert. Het woekert in het woud van meningen over hoe het verder moet. De kappers oefenen moderne kapsels en verzamelen het overtollige haar om te verkopen. De pruikenmakers foeteren op de nieuwe tijd die voor hen broodroof is. De krantenverkopers doen goede zaken, ook al kunnen ze vaak niet lezen wat ze aanprijzen. Wat er allemaal op de pamfletten staat wordt wel eens welwillend voorgedragen. Sommige zijn opgesteld door een weinig bescheiden toneelschrijfster die bij velen over de tong gaat, omdat ze zich overal mee bemoeit, ze is tegen de slavernij, ze wil stemrecht voor vrouwen, ze is tegen gedwongen intrede in het klooster, tegen het celibaat, maar intussen verwaarloost ze de taken van de vrouw, en haar toneelstuk van anderhalf jaar eerder werd uitgefloten door het publiek en iedereen weet dat ze ongetrouwd samenleeft en dat ze nog steeds koningsgezind is, wie wil dat nog zijn sinds die onbetrouwbare vadsige vorst met zijn buitenlandse gade en zijn kinderen naar het buitenland probeerde te vluchten, nota bene in gewone kleren, hoe kan hij koning zijn als zijn lichaam niets anders meer uitdrukt dan armoe en schaamte. Na al die Lodewijken voor hem, de Vrome, de Stamelaar, de Luie, de Dikke, de Woelzieke, de Voorzichtige, de Rechtvaardige, de Welbeminde, moet hij maar de Lafhartige heten.

Op de dag dat de hoofdstad wil herdenken hoe twee jaar eerder het duivelse fort werd veroverd en onttakeld, kan iedereen op het marsveld een petitie komen tekenen om van het land een republiek te maken, zonder nationale banketbakker, zonder koninklijke slotenmaker, zonder konkelkoningin. En wie zijn naam niet kan schrijven, diens hand kan men leiden.

's Morgens is er een leergierige jongen die helemaal naar de rand van de stad loopt waar het marsveld ligt dat nog alleen van de duiven en de mussen is, omdat hij de woorden wil noteren die op het altaar van het vaderland te lezen staan en ze boven zijn bed hangen om niet te vergeten. Terwijl hij op het hoge plateau staat te schrijven hoort hij iets onder de plankenvloer, hij durft niet te kijken, het kan een geest zijn of de vijand, hij wil er iemand anders bij halen en hij waarschuwt gardesoldaten die een heel eind verderop de dingen van de dag afwachten. Ze vervelen zich blijkbaar, of ze zijn nieuwsgierig, want uiteindelijk komen er wel honderd geüniformeerde bewakers van de nieuwe orde kijken wat er aan de hand is. De meesten staan toe te zien terwijl de planken worden losgehaald en daaronder twee ongewassen mannen tevoorschijn komen, ze kijken verwilderd naar de hoofden boven hen. Om hen heen slingeren proviand en flessen wijn alsof ze onder het altaar hun intrek hebben genomen.

Niemand weet waarom ze daar liggen, of ze als eersten op het marsveld wilden zijn, of ze een geintje wilden uithalen, of ze de beste positie wilden innemen om door gaatjes en kieren onder de lichte jurken van vrouwen te kunnen kijken, of ze een rustige slaapplaats zochten, of ze wellicht geheim verslag wilden uitbrengen aan de een of andere vijand, of nee, ze wilden zeker het hele altaar van de natie en de toekomst opblazen, al zou zoiets moeilijk gaan met alleen maar wijn en eten.

Het verhaal dijt vanzelf uit tot ver voorbij het altaar, de flessen worden vanzelf explosieven en de mannen verdachten, vijanden van het volk, tuig dat vluchtgevaarlijk is, op drie levende benen en één van hout, hun afzichtelijke lichamen horen aan een lantaarn te bungelen, hun verziekte geest hoort tot zwijgen te worden geslagen.

De jongen heeft zich naar huis gehaast om zijn ouders te vertellen dat hij het land heeft gered en daarna gaat hij weer naar het marsveld om de massa te zien toestromen uit alle aangrenzende straten, complete gezinnen met kleine kinderen en grootouders, want de zon schijnt en het zal feest zijn. De meer gegoede dames wapenen zich met frivole parasols, andere vrouwen trekken de golvende randen van hun mutsen naar voren als afdakjes boven hun ogen. Velen, ook zij die kleren van vermoeide draden dragen en van stiksel dat is hersteld en opnieuw hersteld, hebben de koeientongmuts van de vrijheid fier op het hoofd gezet, die weliswaar de zon niet uit hun gezicht kan houden, maar hen wel tot familie van onbekenden maakt. Samen aan de goede kant.

Algauw stroomt het marsveld zo vol dat het lastig wordt om het altaar te bereiken, maar niet iedereen is gekomen om een handtekening te zetten, erbij zijn is hun genoeg, een plek op het gras veroveren om de dag ontspannen door te brengen. Ze bakenen hun kleine territorium af met een doek of een kleed en gaan zitten om hun picknickvoorraad uit te stallen.

Met tienduizenden zijn ze, omdat de koning moet worden afgezet, omdat ze van feesten houden die doen vergeten waar ze niet van kunnen slapen en ze de naglans willen voelen van dat fantastische feest, nu een jaar geleden, toen De Natie De Wet De Koning nog een heilige drievuldigheid was.

Ze zien elkaar zitten als in kamers zonder muren, ieder in zijn eigen bedoeninkje, waar ze dezelfde opvoedende woorden zeggen als thuis, dezelfde rolpatronen volhouden, hetzelfde ongeduld hebben met wat niet meteen begrepen wordt, met dezelfde vluchtigheid over jonge hoofdjes strelen. Af en toe zingen ze of dansen ze op een vrije vierkante meter een dans die geen naam mag hebben. De verkopers van limonade en kruidkoek wurmen zich met hun waren in een bak op hun buik tussen de gezinnen door en hebben een lucratieve dag, telkens is de bak weer leeg en halen ze nieuwe voorraad op, want alle leeftijden krijgen trek en dorst en hun potentiële klanten blijven maar komen, zelfs van buiten de stad stroomt de menigte toe, om aanwezig te zijn.

Er gaan geruchten dat er onrust heerst in de menigte, maar de ordediensten zien geen onrust, het enige wat ze onder de blote hemel ontwaren is drukte en plezier.

Ergens in het gekrioel loopt een jonge vrouw, die is opgegroeid in een hospice, waar ze de jongste meisjes moest wassen en aankleden, waarna ze gedwongen werd om kindermeisje te worden in een gegoede familie en dankbaar te zijn voor die kansen. Ze heeft een zwarte vlek in haar bovenlip, die toevallig net zo'n bocht maakt als de vrijheidsmuts, waardoor mensen haar vragen of ze hem expres heeft laten aanbrengen en als ze ja zegt, prijzen ze haar dat ze zo betrokken is, en ze loopt door tot ze een plekje op het gras vindt om zich te nestelen. Ze heeft een jongen van een jaar of negen bij zich, die niet van haar is maar van haar meesteres die met hoofdpijn op bed ligt en geen leven om zich heen duldt, dus moeten haar kindermeisje en haar kind de dag buiten doorbrengen.

Ze laat zijn zweethandje los en wijst hem tot hoe ver hij mag gaan en hoe gevaarlijk het is als ze hem uit het oog verliest, omdat niemand van al die mensen zal weten dat hij bij haar hoort.

Hij gaat op de grond zitten en verzamelt verdwaalde kiezelsteentjes die hij op een rij legt en toespreekt en verschuift en laat tegenspreken.

De moeder van een gezin dat naast hen zit begint met haar over het weer te praten, dat ze het zo treffen met het weer, dat het evengoed hard had kunnen regenen of waaien en dat er geen doorkomen aan is als je tot bij het altaar wilt komen. De jonge vrouw krijgt koek aangeboden en biedt limonade aan, maar die wordt niet aanvaard, omdat het gevaarlijk zou zijn zomaar limonade van een ander aan te nemen, er kunnen nare ziektes van komen. De jongen wil iets eten, hij vertrapt wat hij net zo zorgvuldig heeft neergelegd.

Met lippen vol kruimels wijdt hij zich weer aan de steentjes, hij spreekt ze ernstig toe omdat ze niet meer in de rij liggen, hij plukt grasssprieten en werpt ze op de kiezels, er is een urenlang gevecht gaande tussen het gras en de kiezels en hij is hun leider die hen straft en streelt.

Zo brengen ze een groot deel van de dag door, met buiten zijn in de zon, met gras vertrappelen, kleine diertjes verjagen en niet aan de tijd denken.

Het gezin naast hen staat op, ze kloppen het kleed uit, slaan sprieten van hun rok en controleren hun manden. Ze vertrekken en er komen andere mensen die zich tussen de koekkruimels vlijen.

De jongen moet plassen. Ze gaat met hem op zoek naar een plek waar hij dat kan doen zonder anderen in de weg te staan, ze heeft hem bij zijn vuil geworden hand genomen, in zijn andere hand draagt hij een paar uitverkoren steentjes met zich mee.

In de volte om haar heen ziet ze niet welke kant ze op loopt. Zonder dat ze het wil wordt ze in de richting van het altaar geduwd. Het is onrustig geworden op het terrein. Iedereen heeft haastig zijn boeltje gepakt en is gaan staan uit angst om in de steeds knellender drukte over het hoofd te worden gezien.

Ze begrijpt niet wat er gaande is, ze hoort geschreeuw, de jongen raakt bekneld tussen grote mannen die hun ellebogen gebruiken, hij begint te huilen, hij heeft onder hun oksels en in hun zweet niet genoeg lucht meer.

Dan ziet ze verderop gardesoldaten te paard, die boven de zee van rode mutsen uitsteken, ze jagen de mensen op, drijven hen als een kudde schapen bijeen, de paardenhoeven werpen stofwolken op, de harde beslagen paardenhoeven, het geroep wordt luider, wordt hard gillen, mensen staan tegen elkaar gedrukt, de zenuwpezige paarden komen hun kant op.

Ze probeert weg te rennen, maar er is geen plaats om haar voeten te verzetten, ze tilt de jongen op tot zijn hoofd ter hoogte van haar eigen hoofd is, ze zegt: Stil maar, stil maar, het komt goed, als een bezwering. Hij heeft het in zijn broek gedaan.

Achteraf wordt beweerd dat een paar oproerkraaiers zijn begonnen, dat die met stenen hebben gegooid, dat die zijn begonnen met schieten, er waren die middag in de verte trommels te horen, er moet ook een alarmvlag hebben gewapperd, maar waar, en hoe zichtbaar was die dan helemaal. Er was iets gaan zinderen, de ontspannen sfeer sloeg om, de ongerustheid verspreidde zich over de aanwezigen, iedereen wilde tegelijkertijd naar huis om het eigen lijf te redden.

Misschien braken er inderdaad ergens in een hoek relletjes uit, hielden sommige jongens zichzelf niet in toom, misschien losten de gardesoldaten eerst waarschuwingsschoten die hoogstens een vogel raakten, om zo de vrede te handhaven die er een dag lang had geheerst op het door tienduizenden voeten en achterwerken verstikte gras.

Gardesoldaten vuurden kogels af, die nagenoeg horizontaal vlogen, met een minimale afwijking door de zwaartekracht, ze suisden naar wie toevallig in hun baan stond, want zo toevallig gaat zoiets, de ene onbekende denkt van tevoren, laat ik me hier posteren, dan zie ik alles het beste, de ander wordt met de stroom meegevoerd, en al wil iedereen de uitzondering zijn die aan de schoten weet te ontsnappen, in de massa is er geen willen meer aan.

Er staat daar exact in een van die banen een vrouw met een zwarte vlek in haar bovenlip, ze houdt een schreeuwende jongen in haar armen, zijn hoofd pal naast het hare, en het is haar hoofd dat wordt geraakt, ze valt om, tegen onbekende anderen aan, het kind ligt boven op haar, het lijkt of hij ook is geraakt, zoveel bloed spat er tegen zijn slapen, maar hij leeft, hij zal pas zesenzestig jaar later in een van de koloniën van ouderdom sterven.

Deze jonge vrouw, die geen ouders heeft en geen kinderen, al droomde ze zich vroeger ouders die licht uitstraalden zoals ze dacht dat koningen dat konden, dit kindermeisje dat de jongen nog nooit heeft geknepen, dat de limonade en kruidkoek nog niet heeft verteerd, is een van de onbekende doden.

Ze zeggen dat het er een paar duizend waren, ze zeggen dat het er twaalf waren, ze zeggen dat het er veertig waren. Nauwkeurig tellen is er niet bij.

Als de schaduwen lengen, ligt het marsveld bezaaid met schoenen, klompen, doeken, kruidkoeken, mutsen, brillen, scherven, manden, en daartussen scharrelen de duiven en de mussen, omdat er wat te halen valt.

20

Die nacht slaapt de vondelinge die zich nu Claire noemt ongestoord op de bovenverdieping van Gustaphes woning, in een bed met vuile lakens. Gustaphe slaapt beneden.

Na het ontbijt zoekt ze naar een bezem en een dweil en vindt die in een keukentje dat volgestouwd staat met gereedschap en lappen en mengkommen. Ze moet de vloeren doen, maar verder nergens aankomen, want als ze dingen verplaatst weet hij niet meer waar ze staan.

Op de koer spoelt ze zo goed en zo kwaad als het gaat het meeste vuil uit de beddenlakens, en ze wast een paar van de kleren die ze boven op de vloer heeft gevonden. Gustaphe zegt dat ze van zijn moeder zijn geweest. Ze hangt alles aan een oude waslijn, die doorbuigt onder het gewicht.

Dan moet ze van hem op het verhoogje staan dat hij haar aanwijst, hij wil haar eenvoudig schilderen, zonder overtollige franje, er moet een zuiverheid uit stralen die over een paar maanden de toeschouwers op de Salon zal raken, ze moet haar jurk en onderjurk uittrekken en een oud gordijn om dat bij wijze van vrijheid een borst bloot laat.

– Kan ik niet zitten, vraagt ze, maar dat mag niet, want zittend of half hangend kan ze niet de bevrijdende kracht uitstralen die hij zoekt, de mengeling van onschuld, puurheid en energie, ze moet blijven staan met de bezem in haar hand, want die zal op het schilderij een piek worden, en hij zegt dat ze een muts op moet, zo'n muts waar ze mensen buiten al mee heeft zien lopen.

Ze wordt zich weer eens bewust van haar lichaamsdelen, hij trekt aan een arm, verschuift haar ene been, duwt met een wijsvinger tegen een mondhoek en zegt dat ze welgeschapen is, iets wat nog nooit iemand tegen haar heeft gezegd, alleen Berthe heeft iets over haar handen gezegd, die zei dat ze handen had om klavecimbel te spelen.

Zo staat ze uren per dag te poseren, denkend aan de woorden welgeschapen, kracht en zuiverheid, zich bewust van haar houding en de stand van haar mondhoeken, terwijl hij naar haar kijkt, op het doek extra glans geeft aan haar gedrapeerde kleren en de bezem omtovert tot een piek. Ze denkt zichzelf boven de straten uit, boven de stank en het lawaai, boven de chique madammen en de gore bedelaars, boven de muren die hun boodschappen uitschreeuwen, boven de daken met schoorstenen als wachters, ze denkt zich zo licht als wit papier zonder letters.

– Ja ja, zegt hij, die blik, hou die blik vast, dit is prachtig, dit zal niet onopgemerkt blijven.

Maandenlang blijft ze bij de schilder Gustaphe wonen in zijn huis van steen en leem. Overdag schildert hij haar of is hij weg om les te geven op de gratis tekenschool, 's avonds mag ze niet mee naar het café, misschien omdat zijn kameraden niet mogen weten dat ze bij hem bivakkeert, misschien omdat hij haar wil verbergen tot haar beeltenis zichtbaar zal zijn op de Salon.

Als ze alleen thuis is, neemt ze het boek met de gezichtsuitdrukkingen uit de kast en probeert ze zich in de kleine spiegel die ze heeft gevonden te plooien naar de getekende trekken. Of ze leest in een boek met verhalen uit de klassieke tijd, toen er nog een ruime keus aan goden was. Soms bestudeert ze de zuivere pigmentkleuren die nog niets anders zijn dan pure kleur. En als ze in bed ligt luistert ze naar de geluiden op straat, zoals ze dat in het hospice al die jaren heeft gedaan.

Een enkele keer blijft hij 's avonds thuis, trekt een fles wijn open en schenkt twee glazen in. En terwijl ze hem verkleind en op zijn kop in zijn volle glas weerspiegeld ziet, praat hij tegen haar aan over de kliekjesgeest die zal verdwijnen nu de Salon eindelijk voor iedere schilder en beeldhouwer open zal staan en niet langer alleen maar voor al die academisten die elkaar de hand boven het hoofd houden, enfin, als er een vindt dat hij een prijs heeft verdiend die een ander heeft gekregen, maken ze elkaar even ijverig zwart. Hij vertelt telkens weer dat je het tot nu toe wel kon vergeten als je er niet bij hoorde, dat de paar recensenten die voor hun krant over schilderkunst schrijven, tot nu toe alleen maar hebben gekeken naar wat er in de Salon hing, en dan nog, veel goede werken zagen ze over het hoofd, alsof alleen naamsbekendheid telde. Zo gaat dat, zegt hij, en ze zegt: Ja zo gaat dat, hoewel ze nog steeds geen idee heeft hoe het gaat, maar hij vindt het nu eenmaal prettig als ze hem in zijn mening bevestigt. Hij zegt dat hij nu eindelijk op de Salon kan laten zien wat hij waard is en dat zij zijn muze is en dat zijn eigen werk hopelijk niet net tussen twee ramen komt te hangen waar geen goed licht is of in zo'n donkere hoek tussen twee zalen, of te hoog of te laag, er is zo veel dat ongunstig kan uitpakken.

Als hij op zo'n avond heeft gezegd wat hij zeggen wilde grijpt hij haar bij haar middel en voert haar naar zijn bed. Tussen de zure lakens kruipt hij boven op haar en soms valt hij daarna met zijn beschonken lichaam in slaap en ligt ze in zijn zweet te wachten tot hij gaat woelen en ze zichzelf onder hem uit kan wurmen en de trap op sluipen naar haar eigen kamer.

Gustaphe heeft een reeks schilderijen van haar gemaakt, ze heten *De Vrijheid nr. 1*, *De Vrijheid nr. 2*, *nr. 3*, *nr. 4*, en hij heeft ze laten inlijsten voor de Salon, zodat haar beeltenis nu omgeven is door donkerbruin geschilderde kaders van woekerende laurier.

Ze eet zijn brood, veegt zijn vloer aan, ruimt zijn keukentje op, wast zijn lakens en krijgt op een avond op haar bed een vroege miskraam waar nog geen mensenvorm aan te bekennen is, die ze opvangt in de halsdoek van Gustaphes moeder.

Ze gaat voor hem naar de markt, leert groente klaarmaken en soep, leert de doorgaans niet meer zo verse vissen te bakken die ze meebrengt en als die in de pan liggen bestudeert ze hun treurige oogjes, ze kijken verongelijkt, die vissen, een uitdrukking die niet in het oude boek met de voorgetekende gezichten terug te vinden is.

Het is het derde jaar van de vrijheid, het is nazomer en de eerste Salon van de Schilderkunst waar ook Gustaphe aan mee mag doen, zal worden geopend.

Hij is er vertegenwoordigd met één schilderij, want er zijn wel erg veel inschrijvingen, nu deelname niet meer is voorbehouden aan de leden van de Académie.

Twee andere schilderijen, *De Vrijheid nr. 1* en *De Vrijheid nr. 3*, heeft hij bij een kunsthandelaar weten te plaatsen.

Hij wil niet naar de opening. Te veel mensen, zegt hij. Ze gaan een dag later en zien meer nekken dan schilderijen, alleen de enorme doeken die hoog boven de hoofden van de toeschouwers hangen, blijven voor het grootste deel zichtbaar. Gespierde mannen staan erop en maagden uit de klassieke verhalen.

Ze schuifelen door parfumwalm en geroezemoes en zoeken tussen de eindeloze hoeveelheid schilderijen dat ene, *De Vrijheid nr. 4*, zij met haar gordijn om en haar blik die dwars door muren kijkt, ze weten niet waar ze het moeten vinden en het lijkt of de andere bezoekers hun gezoek naar wat zij wilden zien al hebben opgegeven, vele staan met hun rug naar de wand met elkaar te praten. Overal waar maar muur is hangen schilderijen, van net onder het plafond tot lager dan ooghoogte, langs de trappen, tussen de vensters, in aanpalende ruimtes en in de rechthoekige zaal die de Vierkante Zaal wordt genoemd. Gigantische doeken hangen er, maar ook klein werk, waar soms zo'n drukke lijst omheen jubelt dat het landschapje erin – van een wei, wat schapen, een koe, fris water – er verlegen door lijkt. Veel portretten van bekende hoofden die zich hier in onverwacht gezelschap bevinden. Hoewel emotie tonen in de mode is, lijken de meeste filosofen en hoogwaardigheidsbekleders het gepaster te hebben gevonden bij het poseren een neutraal intelligente blik uit te stralen. Er zijn ook heel wat antieke goden en helden present en hier en daar zit de heilige familie nog tussen de ruïnes. Zeegezichten zijn er, taferelen van mannen die in een café zitten te drinken en interieurs van gevangenissen, met kleine getraliede ramen waardoor een baan zonlicht naar binnen streept.

Gustaphe heeft een exemplaar van de catalogus gekocht, ze mag hem even vasthouden als ze hem daarna weer teruggeeft, ze ziet de eindeloze lijst met de titels van de tentoongestelde schilderijen en rekent uit dat ze meer dan dertien uur nodig zal hebben om aan elk schilderij niet meer dan één minuut te besteden, en dan zijn de beelden en de architectuurontwerpen nog niet eens aan de beurt geweest.

De schilder die volgens Gustaphe het invloedrijkst is moet wel hebben gedacht dat een enorm schilderij behoefte heeft aan een even enorme naam, want een van zijn werken heet volgens de catalogus: *Het-vuur-van-Vesta-op-het-punt-om-uit-te-doven-brengt-de-stad-in-opschudding-Emilie-die-ervan-wordt-verdacht-een-onzuivere-Vestaalse-te-zijn-en-de-oorzaak-van-dit-on-*

heilspellende-gebeuren-neemt-de-hemel-als-getuige-en-gooit-haar-sluier-in-de-koude-as-en-meteen-laaiende-vlammen-weer-op.

Het doek van Gustaphe blijkt boven een trap te hangen, zonder nummer, want wie zijn werk niet op tijd heeft ingeleverd, staat niet in de catalogus. Hij was één dag te laat, hij dacht dat het geen probleem zou geven, wat was nu één dag.

– Ze doen het expres, zegt hij met toegeknepen ogen.

Om hem te troosten leest ze voor wat er in de inleiding van het boekje staat, dat het genie niet is veroordeeld tot een leven in de schaduw, en ze zegt dat zijn schilderij dan wel geen nummer heeft, maar meer licht opvangt dan de werken die tussen de ramen werden gehangen. Hij snoert haar vloekend de mond, omdat ze er volgens hem geen verstand van heeft, terwijl ze toch net nog las dat men de verschillen tussen deugd en talent van de deelnemers maar aan de medeburgers hoefde te tonen om ze te zien.

De vondelinge die zich Claire noemt slentert naar buiten en wacht daar op Gustaphe, ze wacht bijna een uur tot hij komt. De hele weg terug naar huis vermengen zich norsheid en wanhoop op zijn gezicht, ze vraagt voorzichtig of ze wel het goede model was, maar daar heeft het niets mee te maken, zegt hij, ze moet zich er niet mee bemoeien, de mensen zien niet hoezeer zijn schilderij de clichés van al die gespierde klassieken doorbreekt, hoezeer de eenvoud van haar uitstraling de oude en de nieuwe tijd verbindt, en die ene dag later had geen probleem hoeven zijn, één dag later is de catalogus echt nog niet naar de drukker, en dan heeft hij het over de schilder die hij het invloedrijkst noemt, hij zegt dat die een schilderij van zes jaar geleden toont, zes jaar geleden, hang dan iets nieuws op, maar nee, hij komt weer met dat enorme doek met die eedafleggers en die treurende vrouwen van zes jaar geleden. Enfin.

Sinds hun bezoek aan de Salon schildert Gustaphe niet meer. Hij sakkert op een emmer die in de weg staat, op het eten dat ze voor hem klaarmaakt en op de leugens waarin iedereen is gaan geloven behalve hij.

Op een avond bakt ze voor hem een sip kijkende vis, met wat aardappelen erbij die alle kanten op knoesten en moeilijk te schillen zijn zonder hun puisten mee af te snijden.

Hij zit tegelijkertijd te vloeken en te eten en een graat met wat vis eraan schiet in zijn luchtpijp en blokkeert zijn adem, hij zwaait met zijn armen, rolt van zijn stoel en wordt blauw in zijn gezicht, ze moet hem op zijn rug slaan, en ze slaat, ze slaat zoals ze nog nooit in haar leven iemand heeft geslagen, hij ligt piepend naar adem te happen, ze rent de straat op om hulp, maar de enkele voorbijgangers die ze aanklampt trekken zich los en lopen door, ze rent naar binnen en slaat hard op zijn rug, ze roept zijn naam, ze slaat op zijn wangen, en als hij stil blijft liggen zonder nog geluid te maken denkt ze dat hij wel dood moet zijn, vermoord door de vis die zij heeft gebakken, en dat ze niet weet wat je doen moet met een dode.

Terwijl hij daar op de vloer ligt, met zijn hoofd vlak naast de pigmentzon van antimoongeel, brengt ze de borden naar het keukentje en spoelt ze af. Ze gooit de graten in een ton op de koer – één graat ontbreekt – en overweegt zijn keel open te snijden met het driehoekige stukje rood glas, om de graat eruit te halen, maar ze doet het niet. Ze sleept hem met veel moeite naar de eerste verdieping, zijn nog slappe benen bonken tegen elke trede. Ze sjouwt en sleurt hem het bed in en bedekt zijn lichaam met het laken. Ze ziet dat hij zijn plas heeft laten lopen, maar ze laat hem zo, aangekleed. Alleen bindt ze een koord rond zijn hoofd om zijn mond dicht te doen, alsof ze denkt dat hij anders nog iets zou kunnen zeggen wat ze niet wil horen.

Beneden gaat ze op zijn bed zitten en vraagt zich af wat ze moet doen. Ze doet niets.

Niemand mag weten dat hij dood is, want dan kan zij de schuld krijgen, zij is de enige die erbij was en wie zal haar geloven als ze zegt dat het een vis is geweest.

Ze valt op het bed in slaap en wordt halverwege de volgende dag wakker, omdat er iemand op het raam tikt, zeker iemand die wil weten waarom Gustaphe niet naar het café is gekomen.

Ze glipt naar boven, sluipt naar het kleine raam aan de straatkant en ziet dat het Jean is. Hij loopt al weg en kijkt niet meer naar het huis.

– Dat was die drinkebroer van jou, zegt ze tegen het groenige gezicht van Gustaphe. Ik wil hem niet zien.

Ze gooit de kleren van Gustaphes moeder die nog

over de enige stoel hangen op de vloer. Eén keer heeft ze zijn moeders muts gedragen, het enige wat haar paste, maar toen was Gustaphe kwaad geworden, er kon niet zomaar een ander hoofd onder die muts.

Ze zit in de stoel en kijkt naar Gustaphes mond.

– Mooie dingen, hoor, zegt ze, mooie dingen zijn er nog. De dingen blijven.

Dan grist ze haar buidel van de grond en stopt er haar spullen in, en een rok, de muts en de halsdoek van Gustaphes moeder. Alles moet mee naar beneden, dan hoeft ze niet meer naar boven.

Een week lang blijft ze beneden wonen, tussen zijn schilderijen en pigmenten, zijn penselen en potten. Ze eet de laatste aardappelen op en de bonen die er nog in huis zijn, maar een geur van verrotting komt steeds sterker de trap af waaien. Ze is bang dat er allerlei naargeestig ongedierte de treden af komt kruipen.

Weer pakt ze haar spullen in. Ze stopt er het oude voorbeeldboek bij met de gezichtsuitdrukkingen en ze neemt het geld weg dat Gustaphe in het geheime laatje verstopte. Ze duwt de onvoltooide nar in de buidel.

Dan trekt ze de deur achter zich dicht en loopt langs de stinkende ton van de beenhouwer naar het eind van de straat om er nooit meer terug te keren.

21

En Berthe koopt boeken van filosofen over wie ze in de kranten leest, ze wil het nieuwe denken begrijpen en toepassen. Ze gaat niet vaak meer naar de cafés waar ze vroeger kwam, toen die etablissementen als heimelijke minnaars waren, maar soms komt ze er nog en vertelt ze dat ze haar huis op voet van gelijkheid deelt met wie vroeger ondergeschikt was, en haar gezelschap, dat één wil zijn met het gewone volk, prijst haar om haar gedrag en biedt haar te drinken aan.

Hoewel ze zich het liefst zou onderdompelen in grootschalige avonturen, bijvoorbeeld een koor leiden van duizend man, is ze kleinschalig begonnen. Ze heeft een groep middelbare vrouwen om zich heen verzameld, vrouwen die zich niet thuis voelen in de politieke clubs van de dames die rond glimmend serviesgoed geschaard voor gelijkheid vechten, maar die zich ook niet geschikt achten om mee te doen met de groepen die de wapens op willen nemen en durven te schreeuwen, daar kijken ze met een mengeling van bewondering en weerzin naar.

Ze zijn niet te rijk, niet te arm, deze vrouwen, ze zijn beschermd en rusteloos, ze willen van alles, ze willen graag meegaan met hun tijd, maar het is de tijd die hen mee zal moeten nemen, want ze zitten nog vast in het verleden waaruit ze willen weglopen, het is te zien aan hoe ze zich voortbewegen, hoe ze hun mond niet opentrekken, maar na enig aarzelen voorzichtig opendoen, hoe ze, als ze gaan zitten, hun verstopte knieën preuts tegen elkaar aan drukken, hoe doordesemd ze nog zijn met de wetten van beschikbaar, bescheiden en beschaafd, alsof ze zich bijna willen verontschuldigen dat ze bestaan. Ze weten dat vrouwen al jaren een kwestie worden genoemd, een kwestie met strikken en linten.

In de kale salon van Berthe staan ze rond de pianoforte te zingen, daarna zitten ze zo ontspannen mogelijk op het tapijt, leunend op één arm, terwijl Berthe hen beter leert lezen en schrijven en hun vertelt over de nieuwste ideeën en de goede wereld aan de vrouwen ontvouwt als een haalbaar project, waarvoor ze juist op tijd zijn geboren. Na vier sessies blijven er twaalf vrouwen over en die twaalf houden vol.

Ze oefenen voor een buurtfeest waar ze zullen optreden, voor het eerst in het openbaar, want dat zal hun kracht geven, zegt Berthe.

Hoewel ze verreweg de jongste is, zien de vrouwen haar als hun aanvoerster. Samen zetten ze de woorden op muziek die ze op straat hebben gehoord of gelezen, het is of ze hun toenemende zorgen kunnen wegzingen, de kreukels in hun verwachtingen rechtstrijken, zo staan ze rond het instrument en zingen ze driestemmig: Weest gelukkig ronflonflon!, eigenlijk zingen ze vierstemmig want een van hen kan de juiste toon niet houden, en als Berthe vraagt of ze haar een plezier wil doen door dat toch te proberen, zegt ze dat ze niet voor Berthe zingt maar voor de natie.

Het moet meer staccato, zo'n tekst mag niet lijzig klinken, omdat niemand dan gelooft dat ze echt gelukkig kunnen worden, en ze lachen en kijken elkaar aan en zingen het nog eens, met de klemtoon op de u, ze zingen ronflonlalirelon om hun vrolijke kracht onder woorden te brengen, en de volgende keer dat ze bij Berthe komen zeggen ze dat de melodieën zo goed blijven hangen, thuis of op straat blijft dat ronflonflon in hun hoofd zitten, en dat moet ook, zegt Berthe, de melodieen moeten in de hersens van de mensen blijven rondzoemen, de mensen moeten er anders door gaan lopen, één been weesge één been lukkig, zo komen ze sneller vooruit.

Na het zingen vertelt ze over wat ze in kranten heeft gelezen en van de filosofen heeft opgepikt. Ze heeft het over het voorstel dat rijke vrouwen arme kinderen adopteren en de noodzaak dat bedrogen vrouwen door de bedrieger worden gecompenseerd, over de kerk als machtsfactor en over het eigen vrije denken, de vrouwen proberen een mening te formuleren en vragen te stellen en tot slot zingen ze nog een keer ronflonflon, in de hal met de spiegel en de brede trap naar boven.

Hun eerste optreden op een kleinschalig patriottistisch buurtfeest wordt verstoord door een heftige regenbui. De verkilde toehoorders vluchten onder afdaken, ze schieten winkels binnen, Berthe moedigt haar vrouwen aan door te blijven zingen, ze moeten hun wilskracht tonen, en ze zingen druipend van het water een lied dat Wij heet, en zo nog vier liederen, en eindigen met hun eigen Vrijheidslied.

Bijna alle stoelen voor hen zijn leeg, de regen klettert er zo hard op dat het klinkt als een onafgebroken applaus.

De vrouw van Léon is allang weer beter. Berthe ziet haar op een dag bij de beenhouwer staan, ze merkt dat de vrouw haar herkent maar niet goed weet hoe te reageren. Eerst doet ze alsof ze Berthe niet heeft zien staan en Berthe denkt: zal ik ook doen alsof ik haar niet heb zien staan, maar ze weet dat zij het is, haar spitse neus, haar zwarte haren.

– Bent u weer beter? vraagt ze om toch iets te zeggen.

De vrouw schrikt, knijpt een glimlachje tevoorschijn en zegt: Ja ja, al een hele tijd, het was niet zo erg als u dacht.

– Als dat met alles zo kon zijn. Bevalt het goed boven?

– Jazeker. Dank u. Het is veel werk om het huis op orde te houden. En voor mijn man om het huis te bewaken. Het is een verantwoordelijkheid.

– Op orde te houden? Poetst u al het zilver op dat u boven heeft neergezet? Is dat het?

– Ja natuurlijk. Voor als de familie terugkomt.

– Ze komen niet terug.

– Hoe kunt u dat zeggen?

– Daar ga ik van uit. Het is veel te gevaarlijk geworden voor wie niet met de nieuwe tijd meegaat.

– Maar zodra het voorbij is, kunnen ze toch terugkomen?

– Wat voorbij is? De nieuwe tijd? Die gaat niet voorbij.

Als ze weer thuiskomt met haar boodschappen staat Léon de knoppen van de voordeur op te poetsen. Hij zegt dat ze natuurlijk niets meer te maken heeft met de eerste verdieping, maar dat hij haar toch graag wil laten weten dat het gezin van zijn schoonbroer bij hen komt wonen, omdat ze de huur van hun eigen woning niet meer kunnen opbrengen.

– Als ik er maar geen last van heb, zegt Berthe, en ze beent naar de keuken en dan naar de salon, gaat daar op de kruk van de pianoforte zitten en vindt van zichzelf dat ze een ouderwets vervelend zinnetje heeft uitgesproken, want waarom zou ze niet een klein beetje last mogen hebben van die mensen als ze hun op deze manier een dak boven hun hoofd kan geven.

Niet lang daarna hoort ze meer voetstappen dan anders door haar plafond en op de trap klinkt een luide mannenstem en het scheurende gejammer van een boos klein kind.

Ze loopt naar de hal en ziet de nieuwe huisgenoten naar beneden komen, een gezette, slonzige man, een lachende vrouw die tanden mist, een jongetje van een jaar of vijf. Dat zo'n kereltje al zo'n klankkast heeft. Ze wil hen groeten, maar ze groeten niet terug. Dan niet, denkt ze, terwijl ze zich achter de keukendeur terugtrekt, jullie mogen anders blij zijn dat ik jullie onderdak bied.

Die met de luide stem vraagt aan Léon hoe ze heet en Léon spreekt haar volledige naam uit, de naam van haar kinderjaren.

In de salon zit ze aan haar pianoforte en ramt ze een melodie uit de snaren.

Geestdrift, denkt ze. Er raakt een hamertje ontwricht.

Meteen de volgende dag bezoekt ze de instrumentmaker die haar de pianoforte heeft geleverd en vraagt of hij het hamertje voor het eind van de week kan repareren, omdat ze dan zangles geeft. En ze vraagt naar zijn vrouw.

– Wilt u haar de groeten van mij doen? Ze herinnert zich mij nog wel.

– We herinneren ons al onze klanten, zegt hij, en hij zal het doen. Hij wil de pianoforte in zijn eigen werkplaats repareren en zal een drager sturen om het instrument op te halen, als dat in de kosten kan worden meeberekend.

Diezelfde middag wordt de pianoforte opgehaald. De kruk blijft verweesd midden in de kamer staan.

De salon zit te ruim om haar heen. Boven hoort ze de vijf bewoners rondlopen. De eik in de tuin staat te vergelen. Mos groeit op de muur met de deur naar de straat, die alleen geluidloos opengaat als hij even wordt opgetild.

22

Het wordt voorjaar, het vierde jaar van de vrijheid. In Charles' kruidentuin komt de rozemarijn op met tere wit-blauwe bloemen, Marie-Anne schept eigenhandig haar moestuin om en laat ondergrondse beestjes meeliften met de kluiten.

Op een avond hebben Tobias en Charles een uur gemusiceerd, Marie-Anne is komen luisteren en heeft hen, voordat ze zich weer terugtrok, bedankt omdat het haar zo goed doet hen samen bezig te horen, en ze zo blij is met de pianoforte die ze hebben gekocht.

Charles laat rode wijn brengen. Ze zitten onder de kaarsen van de luchter in een warm bewegend licht, terwijl het hout in de haard af en toe knappend vonkjes laat wegschieten.

Tobias begint over de kerk bij hem in de buurt die een bierwinkel is geworden, ze hebben wel eerst het altaar eruit gesloopt, al weet hij niet of ze dat hebben gedaan om het te bewaren of om het op te stoken.

Charles vindt het heiligschennis, hij betreurt het dat de kerken leger worden en de cabarets voller.

Hij tuurt in zijn glas als in een waterput.

Hij wil iets voorleggen, zegt hij dan, terwijl hij even gaat verzitten alsof dat helpt om de woorden makkelijker naar buiten te krijgen.

Vanwege Tobias' technisch vernuft, zegt hij. En hij vertelt hem dat in de Nationale Vergadering al vanaf het begin van de omwenteling gepraat is over vernieuwing van de doodstraf, dat iedereen gelijkelijk gedecapiteerd moet worden, iets wat voor hem en zijn medewerkers een verzwaring van de praktijk betekent. De volksvertegenwoordiger die het voortouw heeft genomen is een paar keer met hem komen praten, omdat ze daar natuurlijk niet het praktische inzicht hebben dat hijzelf door de jaren heen heeft opgebouwd.

En nu kreeg de chirurgijn over wie hij al eens heeft gesproken, die wel eens bij hem langskomt, een man van aanzien trouwens, nu kreeg die man de opdracht om de ontwikkeling van een humanere, modernere, dus machinale methode van decapiteren te begeleiden. Hij is onlangs hier geweest, met een aantal schetsjes, overgenomen van oude gravures, onder andere van een *mannaia*.

– Daarom wil ik eens met je overleggen, zegt Charles, jij hebt het technisch verstand dat ik niet heb. Zou je er eens naar willen kijken?

Tobias aarzelt, hij zegt dat hij liever niets met de ontwikkeling van zulke werktuigen te maken heeft, maar hij ziet wel dat Charles om een oplossing verlegen zit en dat het blijkbaar heel belangrijk voor hem is.

– Ja, zegt Charles, het zal mijn leven draaglijker maken. En de dood van de veroordeelden ook.

Tobias staart naar het tapijt. Bloemen die door elkaar slingeren, elkaar met grote regelmaat in de weg lijken te zitten.

Dan zegt hij dat hij Charles uit vriendschap wel wil

helpen, als het onder hen blijft en hij er verder niet mee wordt lastiggevallen.

– Ik maak muziekinstrumenten, zegt hij, daar ligt mijn hart. Maar voor jou doe ik wat jij voor mij hebt gedaan: er zijn als het nodig is. Ik ben er. Laat maar zien die tekeningen.

Charles opent een map en toont de afbeeldingen een voor een. Tobias bestudeert ze, vergelijkt ze, zegt: Die mannaia, dat basisidee is logisch, maar technisch kan er van alles beter, een grotere hoogte bijvoorbeeld, als de valbijl van een grotere hoogte valt, heeft die meer kracht, en er zou ook een zwaarder gewicht boven moeten en de groeven moeten anders, zeer vet ook, om een zo groot mogelijke vaart te bewerkstelligen, en die dwarse steunbalk kan weg als de basis veel steviger is, dat ding staat nu in de weg.

– Het lijkt me ook beter, zegt Charles, dat de veroordeelde niet op de knieën moet, dan kan zo iemand te makkelijk plotselinge bewegingen maken. Liggend op de buik zou beter zijn.

– En dat mes hier, wijst Tobias aan, dat is horizontaal, maar een andere vorm heeft meer effect, bijvoorbeeld een sikkel. Geef me eens iets om te schetsen.

Charles staat meteen op en haalt papier en een ganzenveer die vlekken blijkt te veroorzaken en blauwe vingers.

Met snelle hand schetst Tobias een mogelijke constructie, een staketsel met een halfronde opening in het midden waar de veroordeelde de nek in kan leggen, en een optreksysteem met katrollen en een *déclic*, zodat het touw het vallen niet zal afremmen. Volgens hem is de val van het metaal een kwestie van honderdsten van seconden.

Charles volgt de schetsende hand en zegt dat dit voor iedereen een immense verbetering zal zijn: geen toegevingen meer aan de ongebreidelde sensatiezucht van de toeschouwers, omdat het vonnis is uitgevoerd voor ze goed en wel hebben kunnen kijken, het lijden van de veroordeelden zal wezenlijk verminderen, iets waar hij altijd op uit is geweest, ze zullen in feite niets meer voelen, omdat daar geen tijd voor is, en het zal het werk van zijn assistenten aanzienlijk vergemakkelijken, kortom, mag hij het schetsje houden?

– Natuurlijk, zegt Tobias. Als mijn naam maar niet wordt genoemd.

Charles stopt de schets in zijn map, klapt die dicht en slaat er even met de vlakke hand op.

– En hoe gaat het met je lieve vrouw?

– Goed, naar omstandigheden. Wel wat zwak en bleek.

– Nog niet opnieuw zwanger?

– Nee, zegt Tobias.

Gestommel in de hal. Op de binnenplaats het geratel van wagenwielen en het harde klakken van de paardenhoeven. Dit huis is vol mensen maar als hij bij Charles langskomt ziet hij de meeste niet.

– Geef me een ogenblik, zegt Charles. Hij verdwijnt naar zijn apotheek en komt na een paar minuten terug met een donker flesje.

– Dit is teunisbloemolie, zelf geperst. Wat druppels in een glas water kunnen helpen om de zwangerschap te bevorderen. Ik heb ze elk jaar in mijn kruidentuin, de bloemen gaan pas open als de schemering valt, ze zijn het cabaret van de nachtinsecten, de volgende dag zijn ze verwelkt, maar 's avonds gaan er weer nieuwe bloemen open enzovoort, enzovoort.

Gisèle ligt nog aangekleed op hun bed, bijgeschenen door de sissende olielamp die haar lichaam harde schaduwen geeft. Ze leunt tegen het donkerhouten hoofdeinde en strekt haar magere armen naar hem uit.

– Hebben jullie goed gespeeld?

– Ja ja, zegt Tobias, we hebben goed gespeeld. En dit flesje is voor jou. Charles zegt dat het helpt om zwanger te worden. Hoewel ik iets anders weet dat helpt.

Hij schenkt een glas water in, druppelt er wat van de olie bij en geeft het haar te drinken, terwijl hij toekijkt hoe ze het glas met beide handen vasthoudt alsof ze zich eraan kan warmen.

Daarna trekt ze haar kleren uit en legt de berg textiel ordeloos op de dichtstbijzijnde stoel. Nu rok en onderrok haar geen extra volume meer geven, verbaast Tobias zich weer dat die smalle jongensachtige heupen een kind hebben voortgebracht.

Hij is nog half met zijn gedachten bij de schets en neemt zich voor Charles te zeggen welk hout hard genoeg is voor de constructie, terwijl zijn handen intussen over haar huid strelen. Ze fluistert dat ze een kleine wil die zal blijven ademen en dat gefluister drijft de gedachten een andere kant op, ook hij wil weer een kind, een nieuwe zoon met een perfect gehoor, een jongen die moeiteloos een sibémol van een si zal kunnen onderscheiden, die in een nieuwe eeuw de jaren des onderscheids zal bereiken, die de winkel en de werkplaats zal overnemen en opnieuw tot bloei brengen met nieuwe technieken, waarvoor hij, Tobias, zijn vader en leermeester, de basis zal hebben gelegd.

23

De vondelinge die zich buiten de muren van het hospice Claire is gaan noemen, en met een blote borst en een gordijn om De Vrijheid heet, loopt doelloos door de straten van de hoofdstad met een buidel in haar armen of het een baby is. Haar vuile kokarde zit eraan vastgespeld. Ze observeert de onbekenden die haar passeren, kijkt naar hun neus, hun haren, voor zover zichtbaar, en de stand van hun voeten. Bij het oversteken probeert ze de paardendrollen te vermijden en niet over glad geworden vuilnis uit te glijden.

Twee straten lang volgt ze een meisje dat een paar meter voor haar aan de hand van haar rustig voortstappende moeder huppelt en hinkelt.

Ze weet dat ze Gustaphe niet heeft vermoord, maar wie zal haar geloven als ze zegt dat een gebakken vis het heeft gedaan. Zij is de enige die het heeft zien gebeuren. Er zat te veel zout op de vis. Er zaten te veel graten in. Het lijkt haar beter niet meer Claire te heten, omdat de paar kennissen van Gustaphe die ze heeft ontmoet haar bij die naam kennen.

Zou hij al gevonden zijn, vraagt ze zich af. De stank moet inmiddels wel door alle kieren naar buiten walmen. Misschien is Jean teruggekomen om te vragen waarom hij niet meer naar hun café komt en heeft hij hem geroken en de politie erbij gehaald. Hij hoeft hun niet uit te leggen hoe ze eruitziet, want ze staat daar geschilderd op doek met een piek in haar handen die een bezem was.

Ze heeft een andere naam, maar nog hetzelfde gezicht.

Ze zullen zeggen dat ze hem heeft vergiftigd om hem te bestelen. En inderdaad, ze heeft zijn geld meegenomen, maar dat weet niemand, want niemand anders dan zij kende de plek waar het verstopt lag. En de nar, ze heeft de zilveren rammelaar mee, maar verder hoeft ze niets van hem te hebben, zijn doeken niet, zijn gore bed niet, zijn zure woorden niet.

Hoewel, nu ze geen voordeur meer heeft om als vanzelfsprekend door naar binnen te stappen, is de dag oeverloos. Er blijft een verloren vertrouwdheid in haar wezen wapperen, de onnozele vertrouwdheid van de beker waaruit ze dronk, met een stukje eraf waar ze expres haar tong over liet glijden om het verschil tussen ruw en glad te voelen, de geur van lijnolie vermengd met die van koffie, de vertrouwdheid van zijn onaangename stem. De potten pigment. De gele zon op de vloer.

Opeens heeft ze zin om het onvermoeibare meisje na te doen. Ze huppelt, ze werpt haar benen op zover haar rok het kan verdragen, ze voelt haar bezittingen heen en weer schudden en haar borsten wiegen.

In een kerk waar een vochtige bederflucht hangt, vermengd met wierook, gaat ze ergens achteraan op een bank zitten en trekt haar schoenen uit.

Voorin zitten een paar vrouwen op hun knieën en er hangt een levensgroot kruisbeeld achter het altaar, dat naar voren helt alsof de zoon anders niet goed kan zien wat er onder hem wordt uitgespookt.

Ze heeft geen kousen. Haar blote voeten mogen even uitrusten, de nagels zijn beschadigd, één nagel is zwart geworden.

Ze legt haar linkervoet op haar rechterbovenbeen en bestudeert het litteken, dat er rauw en rood uitziet. Meneer Gustaphe heeft het nooit gezien, dit litteken, hij heeft zich nooit aandachtig met haar voeten beziggehouden.

Als haar onbekende moeder het in haar voetzool heeft gekrast, had die wel wat duidelijker mogen schrijven. Waarschijnlijk kon ze niet eens schrijven, niet eens haar eigen naam. Ze kraste maar wat.

Dicht bij de kerk stroomt de rivier. Ze staat boven aan de trap en herinnert zich wat Berthe vertelde: dat ze als baby voor een kerk was gevonden, een kerk dicht bij de rivier. Ze zit een poosje op de lege trap, met de buidel als een trouwe hond naast zich, ziet een steentje liggen en krast er twee keer de letter C mee op de traptree, de tweede C in spiegelbeeld, alsof de letters elkaar in de armen willen vallen.

Op de brug waar ze de ring met de overdreven B heeft verkocht, stapt ze met een nonchalante vanzelfsprekendheid de juwelierswinkel binnen. Ze wil de onvoltooide rammelaar verkopen.

De juwelier lijkt haar niet te herkennen. Hij onderzoekt de rammelaar, constateert dat de belletjes er niet aan zitten, er nooit aan hebben gezeten zelfs, maar hij wil het ding wel hebben, hij weegt het, legt het op de toonbank en laat zijn hand op de narrenkop rusten, waardoor de grote grijns eronder verdwijnt. Ze ziet opeens hoe schrikachtig zijn zilveren ogen kijken, alsof de hand hem aan het verstikken is.

Hij wil weten hoe ze aan de rammelaar is gekomen en ze zegt dat een zekere meneer D. hem heeft gemaakt, de vader van een kunstschilder, maar dat die is gestorven voordat het ding af was. De juwelier blijkt meneer D. te hebben gekend en vraagt of ze misschien familie van hem is, maar ze antwoordt niet en loopt zonder te groeten naar buiten.

Ze slentert langs muren die volgeplakt zijn met pamfletten, mededelingen en betogen, half over elkaar heen alsof ze elkaar almaar in de rede vallen. Sommige zijn gescheurd waardoor ze met de zinnen eronder een onverwacht verband aangaan: Moeders, dochters, zusters, vertegenwoordigers, Hier geen vuilnis storten.

Verderop slaat ze een smal, half overdekt straatje in. Er is een winkel waar ze klavecimbels ziet staan, ze kent die uit een boek dat Berthe haar heeft getoond en herinnert zich dat haar handen volgens Berthe geschikt waren om die te bespelen. Binnen wordt muziek gemaakt, er staan mensen bij de geopende deur te luisteren.

Zulke muziek heeft ze niet eerder gehoord, ze kent

het a capella mummelen en zingen in het hospice en de klanken van een kerkorgel. Dit instrument is helderder, strakker en lichter dan een orgel. Ze ziet de muzikant achter een van de instrumenten zitten, er staat een andere man naast. De muziek houdt op en de toehoorders lopen door, ze blijft kijken hoe de twee mannen binnen gesticulerend met elkaar praten, ze halen een plank van het instrument af en parkeren die op de grond. De vondelinge kan haar nieuwsgierigheid niet bedwingen, ze stapt de winkel in.

– Ik heb handen om klavecimbel te spelen, zegt ze.

– Juffrouw, dit is een pianoforte, zegt een van de twee met een vreemd accent.

– Mag ik kijken?

– Als het u interesseert, mag het heel even.

En om haar een idee te geven van de werking slaat hij een akkoord aan.

Ze vraagt of ze ook een keer een toon mag aanslaan. De man neemt haar van top tot teen op, hij aarzelt en zegt dan dat ze één keer een akkoord mag aanslaan, maar daarna weer naar buiten moet.

Ze legt haar buidel op de vloer. Ze bestudeert de toetsen. Het zijn er zo veel, welke zal ze kiezen. Met haar wijsvinger duwt ze er ergens in het midden een naar beneden.

– Een do, zegt de muzikant.

Dan spreidt ze haar beide klavecimbelhanden en slaat de toetsen aan die er toevallig onder zitten, eerst dicht bij elkaar, dan ver uit elkaar, de ene hand bij de lage tonen, de andere bij de hoge, ze ramt zo snel ze kan alle tonen uit het instrument, het geeft haar een woelend geluk, zij het niet lang, want beide mannen trekken haar weg, loodsen haar naar buiten en doen de deur achter haar dicht.

Het maakt haar niet uit, ze heeft een onweer van klanken veroorzaakt dat in haar hoofd blijft galmen als ze het straatje uit loopt, naar de rivier, naar de overkant.

Aan de rand van het park koopt ze een portie slakken, waarmee ze op een bank gaat zitten om ze zorgvuldig een voor een uit hun prachtige huisje te pulken en even toe te spreken voor ze in haar mond verdwijnen.

Op zoek naar een dak boven haar hoofd loopt ze een faubourg in waar de huurprijzen hopelijk niet te hoog zijn. Haar tenen roepen om bevrijd te worden.

Ze koopt brood en wijn om mee naar de kamer te nemen die ze nog niet heeft en loopt ermee langs de gevels.

Op de ruit van een kleermakerij hangt de mededeling dat er een zolderkamer wordt aangeboden.

Binnen zijn vier jonge vrouwen met gebogen ruggen aan het werk.

Iemand die zich de vrouw des huizes noemt gaat haar voor, over een donkere krakende trap, tot op de vierde verdieping. Daar is een kleine overloop waaraan twee deuren grenzen. De vrouw opent de achterste deur en leidt haar een kamer in die net groot genoeg is voor de meubels die er oud staan te worden: een twijfelaar, een tafel en twee stoelen. Het plafond is zo laag dat ze het kan aanraken en het zolderraampje legt een melkwaas over de wolkenlucht.

Op de tafel staat een lampetkan met nog wat water erin, een kandelaar met een kaars en een doosje zwavelstokjes. Er is geen stoof. Maar goed, het is een droog onderkomen, de huur is niet te hoog.

– Ik neem de kamer, zegt ze. Ze moet meteen de eerste maand contant betalen.

Zodra ze alleen is, steekt ze de kaars aan. Het vlammetje geeft de kamer een middelpunt. Ze duikt even op het bed, er zit een dal in het midden waar ze vanzelf in rolt.

Ze veegt het stof van de stoelen en de tafel en probeert het dakraam te openen, maar komt niet verder dan een vingerdikke kier.

Zittend aan de tafel kauwt ze een homp brood weg en spoelt ze haar mond met de wijn, ze doet of ze thuis is, met de kaars, de broodkruimels op tafel, haar naar het ongewassen bestaan ruikende kleren met de sporen erop van vorige maaltijden, en haar blote tenen die almaar bewegen nu ze eindelijk de ruimte hebben.

Ze hoort duiven rommelen in de goot, maar kan ze niet zien.

Uit haar buidel dregt ze het glazen driehoekje op en het boek met de getekende gezichtsuitdrukkingen. De blijdschap, de toorn, de verbazing. De eenvoudige liefde:

De bewegingen van deze passie zijn heel zacht en eenvoudig, het voorhoofd zal vlak zijn, de wenkbrauwen een beetje opgetrokken aan de kant van de pupil, het hoofd gebogen naar het onderwerp der liefde, de ogen kunnen een beetje open, het oogwit is fris en stralend, de pupil een beetje weggedraaid, de neus ondergaat geen enkele wijziging.

Met één oog dicht kijkt ze door de scherf en zet ze alles in een rode gloed.

Achter de dunne houten wand die haar kamer van de aangrenzende kamer scheidt hoort ze een ingehouden schuifelen. Daar wonen andere mensen, minstens twee, ze hoort hen zacht praten, wat ze zeggen verstaat ze niet, maar het klinkt monotoon als een litanie, misschien zeggen ze het Misearatur op, omnipotens, omnipotens, ze heeft zin om hen in verwarring te brengen en begint te lachen, een gespeelde luide lach, net echt, vettig zelfs, en opeens houdt ze weer op. In de kamer naast haar hoort ze nu niets meer. Ze drukt haar oor tegen de wand. Er is alleen geschuifel, als van dieren in een hok die nog wat om hun eigen as draaien en dan in het stro gaan liggen.

Ze begint te zingen, ze zingt een lied op willekeurige tonen, een tekst als een bijeengeraapt zooitje. Do do do omnipotens moeders fris en stralend, amen amen. Weer stopt ze abrupt en luistert. Ze hoort niets meer. Ter hoogte van haar navel ontdekt ze een boorgaatje, dwars door het hout. Als ze op haar knieën zit kan ze er met haar ene oog bij. Ze ziet het voeteneind van een bed en een voet die onder een donkerbruine rok tevoorschijn piept als een muis uit zijn holletje.

Ze kleedt zich uit tot op haar onderkleed, gooit haar kleren over het boek heen en schenkt het restant water uit de lampetkan in de waskom. Er drijven drie muggen in, met hun streepjespootjes wijduit. De huisbazin heeft gezegd dat er water kan worden gehaald uit de pomp op de hoek van de straat. Beneden staan emmers, zei ze.

Dat is te veel gedoe, de trap af gaan en met de zware last van een emmer water weer omhoog. Dan maar oud water met muggen erin.

Buiten wordt het langzaam donker.

Ze wil weten of ze nog op haar handen kan staan.

Alleen in de richting van de deur is er plaats genoeg. Ze plant haar handen op de ruwe plankenvloer en werpt haar voeten op. Zo staat ze een poosje met haar pijnlijke tenen tegen de deur aan en ziet in die positie een aangekoekte nachtspiegel en een verdroogde muis onder het bed. Ze klapt haar benen terug, bukt voorover en trekt het beestje aan zijn staart tevoorschijn. Het is zo dun dat ze de ribbetjes door het perkamenten vel kan tellen.

De kier in het dakraam is te smal om de muis erdoorheen te duwen, ze loopt ermee naar de overloop, houdt hem aan de staart boven het smalle trapgat, laat hem los en volgt zijn val, recht naar beneden, tot hij met een zacht plofje op de begane grond terechtkomt, recht in een emmer.

Daarna poedelt ze haar gezicht en handen en droogt die aan haar rok. Op bed liggend, op haar rug, bestudeert ze de door het kaarslicht beschenen vochtplekken op het plafond. Ze lijken op de wereldkaart die Berthe heeft laten zien, de platgeslagen wereldbol met hun eigen land in het midden. Wat een toeval, zei ze toen tegen Berthe, dat we in het midden van de wereld wonen en Berthe vertelde over de schepen die naar de rand van de wereld voeren – die niet echt de rand was – omdat ze het besef in het midden te wonen blijkbaar niet genoeg vonden.

Nog steeds is het stil in de kamer naast haar.

Ze legt haar hoofd in het vettige dal van haar rolkussen, tussen de twee heuvels aan weerszijden, die tegen haar oren duwen. Ze kan de zee horen ruisen.

Midden in de nacht wordt ze wakker, ze hoort haar buren eentonig mummelen, ze schuifelen rond, ze gedragen zich alsof niemand mag weten dat ze er zijn, en ze neemt zich voor inderdaad te doen alsof ze er niet zijn, ze probeert de geluiden los te maken van concrete mensen, te doen alsof die op zichzelf bestaan, zoals de pigmenten in de potten van Gustaphe nog geen onderdeel vormden van herkenbare beelden, nog niet omgezet waren in het vel van een wang, glimmende zijde, hout, de pupil van een oog.

In de kamer naast haar woont alleen wat bescheiden geluid.

24

Na een paar maanden zijn er nog zeven vrouwen die met regelmaat bij Berthe komen om aan de inmiddels herstelde pianoforte te zingen en zittend op de vloer denkles te krijgen. Ze hebben gezegd dat de andere vier niet meer mogen meedoen van hun echtgenoot.

Soms laat Berthe de aanwezigen in een kring staan en elkaars handen vasthouden en teksten scanderen die ze uit het hoofd moeten kennen, teksten vol gebeitelde woorden die in hun hersens worden gestampt om er niet meer uit te kunnen.

Een van de vrouwen oppert dat ze allemaal dezelfde jurken zouden moeten dragen, witte sobere jurken, als teken van hun verbondenheid. Ze weet een coupeuse, als de anderen nu allemaal hun maten geven en een bedrag samenleggen naar draagkracht dan zal zij regelen dat de frisse nieuwe kleding er komt.

In Berthes boudoir slingert nog een papier waarop haar maten staan. Een meetlint heeft ze niet. Omdat het haar een goed idee lijkt een en ander meteen te regelen, zodat de coupeuse aan het werk kan, roept ze Léon, en als die haar niet hoort loopt ze de trap op, want ze mag van zichzelf de trap op, wat een onzin dat ze niet even de trap op zou mogen, Léon mag blij zijn dat hij hier met vier familieleden zo rijkelijk kan wonen.

Ze klopt op de deur van zijn woonkamer.

– Léon, ik wil alleen iets vragen.

Hij trekt de deur open en zegt kortaf dat ze op verboden terrein is.

Ze gluurt langs hem heen naar binnen. Er zitten wel tien mensen als het er niet meer zijn. Maar goed, ook zij heeft bezoek.

– Ik wil alleen vragen of jullie een meetlint hebben, ik heb dringend een meetlint nodig. Kunnen jullie me helpen zoals ik jullie help?

Léon wenkt zijn vrouw. Hij doet de deur dicht en laat Berthe op de overloop wachten. Het is er rommelig. Oud huisraad zwerft in een hoek, een stoel met twee scheve poten houdt zich moeizaam rechtop.

Vreemd, hier speelde ze als kind zo vaak, de overloop was alles, een zee, een plein, een hospitaal, een kasteel, en nu staat ze er als een ongewenste vreemdeling.

De vrouw van Léon reikt haar door een kier een meetlint aan, zonder iets te zeggen.

Beneden maant ze het pratende stelletje vrouwen tot stilte. Het meten zal het beste gaan als ze hun bovenkleren uittrekken.

Ze doen wat Berthe hun vraagt en hangen hun bovenkleren over de leuning van de bergère. De kamer vult zich met een zoete zweetlucht. Een voor een geven ze zich in hun onderlijfje en onderrok met gespreide armen over aan het meetwerk van Berthe, waarna de cijfers naast hun namen op papier worden geschreven. Ze worden er giechelig van en zodra ze aan de beurt zijn geweest trekken ze schielijk hun bovenkleren weer aan.

Berthe belooft het eventuele financiële tekort bij te leggen, zodat ze zeker zullen zijn van hun nieuwe eendere jurken die maagdelijk zullen ogen, al zijn de vrouwen middelbaar.

Op een nacht ligt ze wakker in bed, omdat er boven wordt gelachen en geroepen en heen en weer gelopen, ze ligt zich daar in het boudoir op te winden over het lawaai. Het is toch niet omdat ze Léon de vrijheid geeft de hele bovenverdieping te bewonen dat hij moet doen alsof zíj hier niet is. Laten ze naar een café gaan als ze zo nodig plezier moeten maken, hij heeft er het geld voor, daar hebben haar ouders wel voor gezorgd.

De nacht vervormt de verhoudingen, ze verbeeldt zich dat ze boven de boel aan het afbreken zijn, dat ze de meubels met zilveren kandelaars kapotslaan, en ze staat op, schiet iets aan over haar nachtjapon heen, beent op haar blote voeten naar boven en roept tegen de dichte deur van de woonkamer of het niet zachter kan. Als ze haar niet lijken te horen duwt ze de deur open.

– En nu is het genoeg! roept ze, als jullie geen rekening met een ander kunnen houden is het afgelopen!

Er zit een twintigtal mannen in de kamer, karaffen wijn tussen hen in.

Léon staat op alsof hij zich ontvouwt. Hij wijst met gestrekte arm naar haar en roept terug dat ze onmiddellijk weg moet en zich nooit meer op zijn verdieping mag vertonen.

– Maar ik kan zo niet slapen!

– Wij doen hier wat we willen! En wij bemoeien ons ook niet met die kwezels die bij jou komen om te roepen en te blèren!

Zo kent ze Léon niet. Zo hoort hij niet met een medestrijder om te gaan. Ze hebben allebei kluiten aarde voor de heuvel van het marsveld geschept.

– Dat zijn geen kwezels!

Een man die ze niet eerder heeft gezien hijst zich overeind en baant zich tussen de anderen door een pad naar Berthe. Een beer van een vent is het, zijn halsdoek zit tot net onder zijn kin gewikkeld, alsof dat nodig is om zijn hoofd rechtop te houden.

– Waarom zit je niet in het buitenland?! bijt hij haar toe.

– Ik ben mijn ouders niet! roept ze terug. En dit is nog altijd mijn huis! En wij strijden voor dezelfde zaak! Ze hoort zichzelf die gebeeldhouwde woorden gebruiken en vreest dat ze er in haar mengeling van dag- en nachtkledij te potsierlijk uitziet om effect te sorteren.

Als ze zich omdraait om weer naar beneden te gaan, tilt hij haar opeens op, zijn armen onder haar volle boezem, zijn handen op slot, ze trapt naar zijn benen, hij scheldt haar uit, maar laat haar niet los en draagt haar als een onwillig kind de trap af. Beneden toont de spiegel hoe ze daar hangt in het korset van zijn armen, met machteloos zwabberende voeten.

Plotseling laat hij haar op de marmeren tegels vallen, daarna veegt hij zijn handen over elkaar alsof er stof en vuil op zit en loopt weer naar boven.

Ze krabbelt overeind, pijnscheuten trekken door

haar knieën. Ze moet aan Catho denken die zei dat ze geen pijn voelde omdat ze dat niet wilde.

Op de volgende bijeenkomst komt niemand van de vrouwen opdagen. Berthe hoort de bel klingelen, ze hoort dat iemand de voordeur opent, daarom blijft ze eerst achter haar pianoforte wachten tot de vrouwen hun weg naar de salon hebben gevonden, maar als dat haar te lang duurt gaat ze in de hal kijken. Daar staat Léon, die zegt dat het iemand voor hem was. Een uur later hoort ze opnieuw de bel. Het is weer iemand voor Léon, een onbekende die zonder iets te zeggen langs haar heen glipt, de trap op.

Misschien zijn de vrouwen opgehouden in het verkeer, of waren er rellen waar ze niet langs durfden of was de afspraak onduidelijk geweest.

Zelfs na een week elke middag op hen wachten verschijnen ze niet. Als ze aan Léon vraagt of hij ze echt niet heeft gezien, zegt hij dat hij ze inderdaad niet heeft gezien en dat het zijn probleem niet is.

De nieuwe gewaden zijn inmiddels bezorgd, acht exemplaren, een besneeuwde heuvel over de leuning van de bergère. Haar eigen exemplaar heeft ze één keer aangetrokken, ze heeft ermee voor de spiegel in de hal gestaan, dik en wit en ongelukkig.

Ze besluit naar een van de leden toe te gaan, die op loopafstand woont en haar te vragen wat er aan de hand is.

De lucht begint al naar voorjaar te ruiken, maar de bomen zijn nog kaal, veel takken zijn weggezaagd om op te stoken. De zon probeert door een witte wolkensluier heen te breken, maar is nog niet krachtig genoeg.

Als ze aanbelt, doet de vrouw zelf open, ze is helemaal verbaasd dat ze Berthe ziet staan, ze vraagt hoe dit kan, wat ze daar doet, en Berthe vraagt waarom niemand meer komt, heeft ze misschien iets gezegd wat hun niet beviel?

En ze hoort dat de vrouwen een week eerder met z'n allen voor de deur hebben gestaan en dat toen iemand tegen hen heeft gezegd dat ze naar het buitenland was vertrokken en ze antwoordt verontwaardigd waarom ze naar het buitenland zou zijn, hoe ze ooit kunnen denken dat ze dat zomaar zou doen. De vrouw aarzelt dat ze het ook al vreemd vond, dat ze zich eerlijk gezegd in de steek gelaten voelde, ze hadden nog niet eens de jurken ontvangen waarvoor ze hadden betaald.

Verder praten lukt niet, want de echtgenoot komt vanuit de donkere gang naar hen toe gelopen, hij wil orde op zaken stellen, trekt zijn vrouw bij de deur weg en zegt dat ze met mensen die haar naam dragen niets te maken willen hebben.

Dan slaat hij de deur voor haar neus dicht.

Misschien moet ze haar naam veranderen, overweegt ze terwijl ze zonder op de omgeving te letten weer naar huis loopt. Misschien moet ze haar beladen achternaam inruilen voor een doorsneenaam die zo vaak voorkomt dat niemand zich afvraagt of ze familie is van al die anderen met dezelfde naam, of misschien moet ze een nieuwe achternaam verzinnen die niemand heeft, waar niemand iets aan kan ophangen, een naam waarin alleen de eerste letter van haar oude naam, de bolbuikige B, bewaard mag blijven.

25

Op een morgen stapt een koetsier van Charles Tobias' winkel binnen en vraagt of hij meteen mee kan komen, het heeft haast, zegt hij.

– Is er wat met hem gebeurd?

– Niet dat ik weet, hij ziet er gezond uit.

Tobias zegt dat hij binnen een paar minuten gereed is om mee te gaan.

Omdat Gisèle op haar werk is – droog werk inmiddels, ze komt niet meer met oudevrouwenvingers thuis – sluit hij de winkel en stapt hij op de hoek in de karos die hem naar Charles' huis tegen de heuvel brengt.

Hij kent de route vooral van zijn avondlijke bezoeken. Alleen die keer dat zijn zoontje net was gestorven, reed hij overdag naar Charles, maar toen lette hij nergens op, hij zat met de gordijntjes dicht in de cocon van de koets, er lag een losse bout op de vloer, dat herinnert hij zich nog wel.

Op dit uur van de dag is er een ander soort bedrijvigheid. In het ochtendlicht onder de wolken ziet alles er hard en onontkoombaar uit, terwijl 's avonds olielantaarns een troostende gloed uitstralen en het verval camoufleren.

Zodra de karos onderweg even stilstaat komen er vuile vrouwmensen op hem af die hun hand als een kommetje naar hem uitstrekken en het gezicht van een lijdende trekken, soms hebben ze een klein kind in een doek voor hun boezem hangen, alsof dat meer geld opbrengt, maar ze irriteren Tobias alleen maar, hij voelt zich ongemakkelijk als hij niet met rust wordt gelaten. Hadden ze anders gekeken, met een blik vol goede moed of met een beetje spot vanwege de waanzin van hun bestaan, dan had hij hun wellicht iets toegestopt, al heeft hijzelf ook niet veel meer, maar zo'n slachtofferuitstraling werkt bij hem averechts.

Charles ontvangt hem in zijn antichambre in plaats van in de eetkamer. Het voelt zakelijk aan, al bedankt hij Tobias als een vriend voor diens snelle komst.

Op de salontafel tussen hen in ligt een map te wachten die Tobias herkent, het is de map waarin Charles de schetsen heeft bewaard van het werktuig om snel en pijnloos te decapiteren. Daar zal hij het wel over willen hebben, denkt Tobias teleurgesteld. Hij had hem toch duidelijk gezegd dat hij zich er verder niet mee wilde bemoeien?

Tot zijn verrassing haalt Charles er bladmuziek uit en geeft hij hem de klavecimbelpartij.

– Puur op de titel aangeschaft, zegt hij, het heet *Air voor Geleerden en Losbollen en Potsenmakers*. Dat lijkt me wel iets om in deze tijden in te studeren.

– Maar daarvoor heb je me toch niet zo snel laten komen?

– Nee nee.

Hij buigt zijn lichaam voorover naar de salontafel,

Tobias ziet dat Charles' wangen gegroefder zijn geworden. Er krullen een paar haren uit zijn neusgaten, dat heeft hij niet eerder bij hem gezien.

– Wil je iets drinken? Koffie? Ik heb al gezegd dat we twee koffie moeten krijgen.

Hij kijkt naar het raam, hij kijkt er voorbij.

– Ik wil je iets vragen, met permissie. Het is dringend. Jij bent de enige die me werkelijk zal kunnen helpen.

Dan haalt hij de schets met de vlekken die Tobias heeft gemaakt uit de map tevoorschijn, het papier is inmiddels licht beduimeld geraakt en er staat van alles omheen geschreven. Ook heeft iemand dwars door zijn tekening een schuine lijn getrokken.

– Dat heb ík gedaan, zegt Charles, niet die lijn, wel dat commentaar eromheen. Het zijn jouw opmerkingen, die leken me verhelderend voor de volksvertegenwoordigers die erover moesten delibereren, ze hebben het bestudeerd en hun reacties gegeven, zo gaat dat met ontwerpen. Maar gefeliciteerd, het is algemeen goedgekeurd tot in de hoogste regionen, alleen was er iemand die voorstelde om het snijblad niet sikkelvormig te maken, ik zal maar niet zeggen wie daar mee kwam, iemand met veel technisch verstand, die overigens verder bijzonder domme dingen heeft gedaan.

Tobias vraagt niet wie het is, al klinkt Charles' opmerking als een uitnodiging tot roddel, hij ziet meteen dat de schuine streep een typisch geval van voortschrijdend inzicht is, een uitstekende vondst, die een beter resultaat zal geven dan de sikkelvorm.

– Maar wat wil je van me, vraagt hij, wil je mijn goedkeuring voor die wijziging? Die kun je meteen krijgen. Natuurlijk. Het is uitstekend zo, ik heb je gezegd dat ik dit schetsje heb gemaakt als een vriendendienst en dat ik opensta voor elke verbetering. Het is jouw project. Ik maakte het uit dankbaarheid omdat we door jou weten dat er niemand schuldig is aan de dood van onze kleine. Dat is de enige reden. Het is goed zo. Maak dat ding maar met dat schuine snijvlak.

Een klop op de deur en een huisbediende komt binnen met twee kopjes koffie op een blad dat hij zorgvuldig naast de map en de schets op de salontafel plaatst, terwijl hij naar de kopjes blijft kijken die hij allang kent.

Charles knikt naar hem en hij verdwijnt weer.

Tobias bestudeert de aandacht waarmee zijn vriend melk door de koffie roert, alsof hij met een apothekersrecept aan de gang is.

– Er is iets, zegt hij tegen het lepeltje, en het heeft haast.

– Ja?

– Er moet zo snel mogelijk een prototype van dit werktuig worden gemaakt. Ze verwachten van me dat ik de plannen nu in praktijk breng. Ik weet niet of ik het al eens heb verteld, maar ik moet zelf voor al mijn materiaal zorgen, en dat terwijl ik nog maar een fractie aan inkomsten heb vergeleken bij een jaar of vijf geleden. En zo'n machine met een goed blad is een prijzig geval. Ik heb mijn timmerman benaderd, maar die vraagt een onmogelijk hoge prijs, een onredelijke prijs, omdat hij weet dat er druk op staat. Toen dacht ik: misschien is degene die het beste systeem heeft ontworpen ook de beste persoon om het uit te voeren.

Er valt een stilte die tot in de gordijnen kruipt.

Tobias staart naar de ranke, licht gebogen pootjes van de salontafel tussen hen in. Ze zijn van onderen afgewerkt met sterk verkleinde leeuwenklauwen en alle vier de klauwen wijzen een andere kant op, alsof de tafel wil zeggen dat wie zichzelf vier kanten tegelijk op denkt in de praktijk blijft stilstaan.

– Ik maak muziekinstrumenten, mompelt hij.

Hij denkt aan het geluk dat het bouwen ervan hem schenkt, de technische verfijning, het tot leven brengen van de klanken, de ordening van de tonen, hij maakt muziekinstrumenten. Dat is wat anders.

– Maar het een sluit het ander toch niet uit? brengt Charles ertegenin. Muziek geeft ons veel heil, en ik bewonder je erom, maar dit apparaat strekt evengoed tot groter heil, want er zal geen pijn meer zijn, omdat daar geen tijd meer voor is, er zal een uiterste gelijkheid zijn voor iedere misdadiger.

Hij neemt een slok van zijn koffie. Er sijpelt een bruin lijntje over zijn kin, dat hij schielijk wegveegt.

– En de doodstraf is een gegeven, hoe die ook wordt uitgevoerd.

– Is dat wel zo?

Tobias hoort voetstappen achter de deur en draait zijn hoofd naar het geluid. Vrouwenschoenen zijn het. Het zal Marie-Anne zijn, die goede Marie-Anne. Ze komt niet binnen. Misschien is het haar verboden om zomaar binnen te komen als er belangrijke besprekingen gaande zijn. Hij draait zijn hoofd weer naar Charles en ziet dat zijn gezicht is verstrakt, dat hij zijn ogen half toeknijpt.

– Is dit een ontkenning van mijn werk? Van het nut en de noodzaak? Ik zou het liever niet doen, geloof me, ik maak veel liever muziek. En er zijn inderdaad volksvertegenwoordigers die over afschaffing spreken, maar dan? Zou dat geen vrijbrief zijn voor moordenaars, als ze weten dat ze zelf in leven zullen blijven? Zou dat niet leiden tot het recht van de sterkste?

– Ik wil helemaal niet zeggen dat ik het belang van je werk ontken. Ik zeg alleen dat ik er liever niet bij betrokken wil worden, dat is het. Als ik erbij betrokken word, ben ik medeverantwoordelijk voor de eerstvolgende dode.

Charles veegt een druppel koffie weg die op de schets is gevallen en twee woorden van de gekrabbelde uitleg onleesbaar heeft gemaakt. Dan begint hij met het papier te schuiven, tot het evenwijdig ligt aan de tafelranden.

– Dat is een volkomen verkeerde veronderstelling, zegt hij. Er is geen sprake van verantwoordelijkheid voor welke dode dan ook. Ik ben evenmin verantwoordelijk. Ik voer alleen uit wat de rechters beslissen. En ook wie dit apparaat bouwt voert alleen uit wat door justitie en beleidsvoerders van hem wordt gevraagd. Is een pianofortebouwer verantwoordelijk voor een muzikant die beroerd speelt?

Tobias staart naar de bladmuziek die Charles hem heeft gegeven. In gedachten speelt hij de eerste akkoorden. Hij ziet zichzelf weer als kind in de kerk zitten luisteren naar het gezang van de gemeenteleden, dat te log leek om te kunnen opstijgen ten hemel.

Charles drinkt zijn laatste slok koffie op en veegt met de rug van zijn hand over zijn mond.

– En vergeet niet, zegt hij, als dit systeem algemeen erkend wordt als een veel humanere oplossing, dan zullen er meer exemplaren nodig zijn, je zult opeens weer veel meer klanten krijgen en veel meer verdienen, zodat je het geld hebt om te experimenteren met je instrumenten, ik weet hoe graag je de tijd en de financiële ruimte hebt om iets nieuws uit te vinden op muzikaal gebied. Wat zijn je plannen?

Het lijkt een ontsnapping voor Tobias om over zijn eigen plannen te kunnen spreken.

– Ik zou een instrument willen bouwen waarin de snaren zowel met hamertjes als met een strijkstok tot trilling worden gebracht. Twee instrumenten in één, eigenlijk. En ik heb ook een kleiner idee, waar ik nu opeens weer aan denk: dat ik een apparaatje ontwikkel om de maat aan te geven. Alleen voor bij het oefenen natuurlijk, niet om almaar de maat te horen tikken terwijl men een uitvoering geeft.

En dan beaamt hij voor deze experimenten tijd noch geld te hebben. Hij doet nu alleen wat geld opbrengt: stemmen, repareren, en zo goedkoop mogelijke instrumenten bouwen.

Zijn koffie is lauw geworden. Tobias laat de helft staan. Hij houdt eigenlijk niet van koffie, maar hij houdt er ook niet van om wat een ander hem geeft te weigeren.

De huisbediende komt vragen of alles naar wens is.

– Jazeker, zegt Charles. Zijn gezicht is weer ontspannen. Alles is naar wens. Wil je nog koffie, goede vriend, nee? Goed, geen koffie meer voor ons.

Geruisloos neemt de huisbediende het blad weg en verdwijnt weer. Charles verdeelt de schetsen wat ruimer over de salontafel.

– Ik zou zo geholpen zijn, zegt hij, ik weet dat het goed zal komen als jij dat prototype zou bouwen. Als je wilt kun je het daarbij laten, want dan hebben we een voorbeeld. Besef dat we nu al verplicht zijn alle veroordeelden gelijkelijk te onthoofden ongeacht hun afkomst, dat heeft onze taak zoveel moeilijker gemaakt. Het zwaard vergt meer dan andere methodes en raakt snel bot en als het vroeg donker is moeten we ophouden ook al is het werk nog niet klaar, omdat men bij het licht van de fakkels niet precies genoeg kan decapiteren. Het is vreselijk voor de veroordeelden als er drie keer geslagen moet worden. Al die problemen zullen met dit apparaat opgelost zijn, de dood zal sneller komen dan de vrees ervoor.

Nu is hij het die met zijn blik Tobias' gezicht ontleedt.

– Hoeveel zou zo'n klus kosten?

Tobias staart naar de schets en zijn hersenen slaan aan het rekenen. Aarzelend noemt hij een bedrag dat minder dan een vijfde blijkt te zijn van wat de timmerman heeft genoemd.

– Dat is tenminste redelijk, zegt Charles. Als je wilt betaal ik het je contant vooruit.

– Maar ik weet niet of ik het wil.

– Is er schaamte voor wat ik verplicht ben te doen voor mijn familie en de maatschappij?

– Nee nee. Zeker niet.

– Vergeet niet dat ik werk doe dat ik nooit heb willen doen. Dat ik dit toch doe, is niets meer of minder dan plichtsbesef, verantwoordelijkheidsbesef tegenover mijn familie en mijn stad. Mocht het geval zich voordoen dat je het toch wilt maken, hoe lang denk je dan dat het duurt voor het af is?

Tobias zegt dat het eigenlijk vrij simpel te construeren is, zeker vergeleken bij het bouwen van een pianoforte. Hij weet iemand die op korte termijn zo'n snijblad kan leveren, en de rest, wat zal hij zeggen, binnen een week zou dat moeten kunnen lukken.

– Ik betaal je vooruit.

Gisèle zou van alles met dat geld kunnen doen. Om te beginnen nieuwe kleren en schoenen kopen, nu bezuinigen ze daarop. Ze klaagt er niet over, maar ze zal verheugd zijn als ze nieuwe kleren kan kopen.

– Luister, zegt hij, ik doe het puur en alleen uit vriendschap, ik doe het omdat ik evenzeer wil klaarstaan voor de noden van dit huis als jullie dat doen en deden voor onze noden.

– Deze daad van vriendschap vergeet ik nooit, zegt Charles. Hij staat op om zijn vriend te omhelzen, Tobias is ook gaan staan, schutterig, alsof Charles hem met zijn forse lijf wil overmeesteren.

– Ik begrijp je twijfels maar al te goed, zegt hij als hij

Tobias weer loslaat. Geloof me, mijn werk vraagt van mij dat ik er niet te veel over nadenk, maar toen ik Gabriël na de eerste keer dat hij meewerkte zag overgeven, wist ik weer hoe hard ons lot is. En ik mag dan nog zo vaak goed gezelschap aan tafel hebben, ik heb maar een paar werkelijke vrienden en je weet het, jij bent een van hen. Ik haal het geld, wacht op me.

Hij laat Tobias alleen met de woorden die hij over hem heeft uitgestort.

Een vijftal minuten later komt hij terug met een opbollend omslag. Tobias staat onhandig tussen de salontafel en zijn zetel en neemt het omslag aan.

Terwijl ze naar de hal lopen en daarna de binnenplaats op, polst Tobias wie die andere paar vrienden zijn, en Charles vertelt hem een verhaal dat al twee jaar oud is maar dat hij niet eerder aan hem heeft verteld, over een drukker die een deel van de andere woning huurde, hij was immers huurders gaan aantrekken voor extra inkomsten.

– Die man was drukker bij een krant waarvoor hij ook opinies en lichte verzen schreef, misschien doet hij dat nog, ik weet het niet. In elk geval, ik bemoei me niet met mijn huurders. Zijn krantjes hamerden op geleidelijke hervormingen, ze waren te koningsgezind naar de smaak van de republikeinsgezinden, terwijl ik achteraf, toen ik ze ben gaan lezen, niet anders kon zeggen dan dat de artikelen genuanceerd en redelijk waren. Maar omdat hij hier woonde werd ik opeens door menig opgefokt blaadje vals beschuldigd van nachtelijke conservatieve samenzweringen, van onder één hoedje spelen met de adel om de tegenstanders, zodra die geen macht meer zouden hebben, vakkundig te doden, veel achterdochtig gedoe allemaal, op een toon van zeker weten en dat alleen maar omdat hij hier huurde. Er heeft zelfs een geheel uit de duim gezogen verhaal rondgezongen dat ik gevangen was genomen en ondervraagd. Maar goed, om op de vraag terug te komen, de advocaat die mij toen vrijpleitte waardoor die krantjes alles moesten rectificeren, die behoort dus ook tot mijn paar beste vrienden. In zijn pleidooi zei die dat er tegengif bestaat voor een vergiftigd lichaam maar niet voor een belasterde geest, zoiets heeft hij gezegd. Ook hem zal ik eeuwig dankbaar zijn. En trouwens, de *Air voor Geleerden* enzovoort, zullen we die op onze volgende vaste muziekavond proberen te spelen?

26

Een week lang doet de vondelinge die zich weer Catho noemt niet meer dan zichzelf uitlaten om wijn en brood te kopen, op de minst wankele stoel zitten en het boek met de gezichten bestuderen.

Ze beseft wel dat ze geld moet gaan verdienen, dat ze iets moet doen. Omdat ze niet meer in dienst van een ander wil werken, komt ze op de gedachte iets te gaan verkopen, maar het enige wat ze kan verkopen zijn de kleren van Gustaphes moeder. De halsdoek, de rok, de muts.

Dicht bij de buurtmarkt is een straat waar scharrelaars zitten, mensen zonder kraam, verkopers van een paar toevallige dingen, wat koek, wat wol, wat rookwaar, een oude olielamp. Meestal hebben ze niet meer dan een lap die ze over de kasseien uitspreiden waarop ze hun waren uitstallen met een zorg alsof hun handel werkelijk wat voorstelt. Ze zitten erachter op een kistje, een plank, een rolkussen dat zo vuil is dat je de oorspronkelijke kleur niet meer ziet, ze zitten er met een grote gelatenheid, schreeuwen eventuele klanten niet naar zich toe, maar wachten op toevallig geluk, op genoeg geld voor een eenvoudig dagrantsoen.

Daar vindt Catho een plek waar ze gedoogd wordt, tussen een jongen in te dunne kleren die de vuilnishopen heeft afgestruind en een paar kromme lepels en pijpenhouders als trofee op een rij heeft gelegd, en een vrouw die bladeren aan elkaar heeft geregen en als overwinningstekens aan de man wil brengen voordat ze vergelen.

De halsdoek, rok en muts van Gustaphes moeder liggen uitnodigend op de kasseien te kijk, zo gedrapeerd dat het lijkt of een onzichtbare platte vrouw op haar rug ligt te slapen. Ze zit op de straatstenen en bestudeert de langslopende menigte van het middel tot de schoenen en klompen. Na vijf minuten is er al een vrouw die vraagt of ze de rok even voor haar lichaam mag houden om de maat te kunnen schatten, en Catho ziet haar daar staan met de rok als een voorschoot tegen zich aan. Ze zegt dat de rok speciaal voor haar gemaakt lijkt te zijn, want ze vindt dat ze haar koopwaar met bemoedigende, overtuigende woorden moet aanprijzen.

– Wat kost-ie, vraagt de vrouw.

Daar heeft ze nog niet echt over nagedacht. Ze noemt een bedrag en de vrouw zegt dat dat niet veel is en zonder verder gepalaver koopt ze hem. Catho vouwt de rok op en neemt het geld aan.

Dit is werk dat haar bevalt. Alleen heeft ze nu nog maar twee kledingstukken in de aanbieding, de muts en de halsdoek waarop de laatste sporen van haar miskraam niet meteen opvallen.

Ze ziet een meisje op haar af komen, sprietig en met donkere ogen, dat beleefd vraagt of ze de muts mag passen. Haar hoofd is te smal, ze wordt een mislukte paddenstoel, maar dat zegt Catho niet, ze zegt dat hij haar heel bijzonder staat, en ze lacht, maar het meisje lacht niet terug, ze schiet weg in de menigte, en Catho grist de halsdoek mee en rent achter de dievegge aan, ze grijpt haar bij de schouders, trekt haar naar achteren tot ze op de grond ligt met de muts half over haar gezicht en houdt haar in bedwang. Het meisje huilt en probeert zich los te worstelen.

– Schaam je.

Catho leent de berispende intonatie van de non met de langste naam, terwijl ze de muts zo hardhandig van haar hoofd trekt dat ze een pluk haren meeneemt. Als ze weer rechtop staat en het wicht nog niet overeind is gekrabbeld, geeft ze haar een schop in haar zij, ze heeft nog nooit iemand een schop in de zij gegeven, maar het is makkelijk, even de rok wat optillen en dan het sterkste been gebruiken.

Op de plek waar ze haar koopwaar had uitgestald zit al iemand anders, een jongen die verschoten kokardes verkoopt. Ze roept dat hij op haar plaats zit, maar hij zegt kalm dat het nu zijn plaats is. Even overweegt ze op zijn handel te gaan dansen, maar ze doet het niet, want er staan twee opgeschoten jongens in zijn buurt die sterker zijn dan zij.

– Dan niet.

Ze trekt de muts van Gustaphes moeder over haar eigen muts heen, drapeert de halsdoek om haar schouders en loopt weg.

Het gemak waarmee ze de rok van Gustaphes moeder heeft verkocht doet haar besluiten voortaan meer voor haar waren te vragen. Maar eerst moet ze kleren vinden om te verkopen, tweedehands kleren, ze kan daarvoor het beste naar de gegoede wijken gaan, daar wonen vrouwen die zoveel kleren bezitten dat je zou denken dat ze drie lijven hebben, daar wonen vrouwen die algauw genoeg krijgen van hun kleren, die niet ergens twee keer in dezelfde uitdossing mogen worden gezien of toevallig hetzelfde aan mogen hebben als een ander.

Onderweg passeert ze een plein dat vol staat met een reikhalzende menigte. In de verte ziet ze een man in een bloedrode jas op een verhoging staan. Het is te ver weg om echt te zien wat daar gebeurt, dus vraagt ze het aan de vrouw voor haar en die zegt dat iemand de doodstraf krijgt, maar dat ze niet weet wie het is en wat hij heeft gedaan en nu ze allemaal met het zwaard onthoofd worden, zegt ze, is het lang zo spannend niet meer als vroeger.

Voor een gevel staat een oude lege kruiwagen, onbeheerd bij een open voordeur, iemand is zeker bezig iets op te halen wat in de kruiwagen moet, die zal daar straks staan met zijn armen vol en vloeken omdat er iemand anders met de kruiwagen vandoor is, de hoek om, moeizaam laverend tussen het verkeer.

Nu heeft ze een kruiwagen, daar kunnen veel kleren in. Hij lijkt op een laag uitgevallen keukenstoel, met vooraan één zwabberend wiel. Ze duwt het oude waggelding door de straten, zich af en toe tussen de kasseien of in de modder vast rijdend, tot ze in een straat staat met mooie huizen, opgepoetste koperen trekbellen en brede voordeuren. Hier zal ze beginnen met het zo vanzelfsprekend mogelijk vragen om afgedankte kleren.

Ze heeft de muts en de halsdoek in de kruiwagen gelegd, alsof ze bij de buren al iets heeft opgehaald, en belt aan bij het eerste huis in de rij.

Een bediende doet open, ze zegt dat ze afgedankte kleren komt ophalen en de bediende zegt: Ja ja, u zou ze komen ophalen en hij pakt een bundel die al ergens moet hebben gewacht. Terwijl ze doet alsof het de gewoonste zaak van de wereld is zegt ze: Dank u wel en tot de volgende keer, en ze loopt naar haar kruiwagen, inwendig juichend om het gemak waarmee ze haar handel kan opzetten.

Niet bij iedereen gaat het zo, sommigen zeggen kwaad dat ze toch wéét dat ze bij hen niet moet langskomen.

– Excuseert u mij, mompelt ze dan, ik vergiste me.

Zo haalt ze in korte tijd vijf bundels kleding op, de kruiwagen wordt te klein.

Ze brengt deze eerste lichting naar haar zolderkamer, al is dat wel een uur gaans, en legt de bundels onder aan de trap. Een voor een sjouwt ze die naar boven, en hoewel ze hijgt van al die treden, heeft ze hetzelfde opgetilde gevoel als toen ze voor het eerst op haar handen stond.

Met de lege kar loopt ze weer helemaal terug naar

de buurt met de statige huizen, en binnen een kwartier krijgt ze opnieuw vijf bundels aangereikt, keurig bijeengehouden met touw.

Op de hoek van de straat staan twee stevige vrouwen met een enorme klankkast die schreeuwen dat ze een dief is van hun eerlijke handel. Ze dienen haar met hun sterke vuisten zulke overrompelende slagen toe dat ze op de grond valt, zich uit zelfbescherming oprolt als een foetus, en van de wereld raakt.

27

Op een ochtend doet Berthe de kast open waarin ze haar kleren denkt te vinden, maar die zijn er niet meer. Ze kijkt onder haar bed, doet alle andere kasten en kastjes op de benedenverdieping open, staart in verwarring naar de tuin alsof haar rokken in de eik hangen te wapperen en geeft het dan op. Het enige wat ze vindt is wat ze de vorige dag heeft gedragen.

Terwijl ze zich aankleedt, hoort ze boven weer gestommel. Kindervoetjes, van die heen en weer dravende kindervoetjes in klompjes.

Ze loopt naar de hal, posteert zich onder aan de trap en brult zo hard ze kan.

– Léon!

Léon hoort het. Hij loopt naar beneden, vraagt wat er is. Achter hem aan ziet ze twee vrouwen en vier jonge kinderen de trap af komen. Drie van die kleinen heeft ze niet eerder gezien.

Klompjes, inderdaad.

– Wat heb je met mijn kleren gedaan? Waar zijn mijn kleren gebleven?

– Ik zou het niet weten.

– Als ze boven zijn, geef ze terug!

– Ze zijn niet boven.

– Waar zijn ze dan?

– Dat weet ik niet.

– Hoezo weet je dat niet? Iemand is in mijn boudoir geweest toen ik er niet was.

– Dat weet ik.

– Hoezo dat-weet-ik?

– Ze zijn meegegeven, er kwam een handelaar in tweedehands kleren langs. U was er niet.

– Ik was de stad in. Is dat een reden?

– Die hebben het nodig. Die leven ervan. U kunt nieuwe kopen.

– Mag ik dat nog zelf beslissen?! Moet je daarvoor ongevraagd mijn kasten plunderen? De witte japonnen wáren niet eens van mij.

– We hebben niet geplunderd. We hebben nagedacht.

Berthe draait zich om, verdwijnt in de salon en begint daar zichzelf toe te spreken.

Ze hebben gelijk dat ze andere kleren kan kopen. Ze moet begrip hebben voor hun redenaties. Maar waarom overleggen ze het niet met haar? Ze wéten toch dat ze aan hun kant staat?

Achter de ruit komen de eerste knoppen van het nieuwe jaar voorzichtig tevoorschijn, terwijl de herfstbladeren nog krampachtig gekruld op de grond liggen.

Hoe ze knisperen als ze eroverheen loopt.

Ze leunt tegen de tuinmuur aan en laat haar ogen over de achtergevel van het huis dwalen. Hier had ze Catho mee naartoe willen nemen, Catho kende ze, Catho zou haar vragen stellen, over de vorm van de wereld, over hoe geboren worden gaat, over waarom ze er is als ze er net zo goed niet had kunnen zijn. Was ze er maar. Ze had Catho niet moeten achterlaten, ze had met haar moeten praten. Ze had haar op schoot moeten nemen als een moeder.

Ze hoort dat er op de salondeur wordt geklopt en vermoedt dat het Léon is die inziet dat hij toch wat te ver is gegaan. Nu moet ze ruimhartig zijn en zeggen dat de kleren goed terecht zullen komen en dat ze nieuwe kleren zal kopen.

Met een begripvol bedoelde glimlach doet ze de salondeur open, maar het is niet alleen Léon die binnenkomt, ook de vrouwen en de kinderen lopen doodgemoedereerd haar salon binnen en daarachter twee mannen, ze herkent de beer die haar zo vernederend de trap af sjouwde.

De kinderen rennen meteen naar de tuindeuren, ze hangen ertegen met hun zweethandjes, ze drukken hun neusjes tegen de ruit en jengelen dat ze naar buiten willen.

– Kom maar, zegt Berthe, ik doe ze wel open, maar een van de vrouwen trekt de kleintjes naar zich toe en snauwt dat ze ziek zullen worden van de kou.

Ze weet niet goed wat ze met al dit bezoek aan moet en stelt voor dat ze iets op de pianoforte zal spelen als ze dat op prijs stellen, maar Léon maakt haar duidelijk dat ze niet op bezoek zijn, boven is het te krap geworden voor al die mensen, terwijl zij hier beneden zoveel ruimte voor zich alleen heeft, zij kan wel naar het boudoir verhuizen, dat is groot genoeg voor één persoon, ze zullen er de pianoforte naartoe dragen, dan hoeft zij niet te tillen, en terwijl hij dat zegt, heffen de twee andere mannen al ieder aan één kant de pianoforte op en Léon pakt de kruk en houdt de deur naar het boudoir open.

– Wacht even, zegt ze zo kalm mogelijk, hadden we niet een afspraak, Léon? Jullie boven en ik beneden?

– En hoe vaak ben je toch naar boven gekomen?

– Alleen om dingen te vragen, niet om je meubels te verzetten.

Ik moet me beheersen, vermaant ze zichzelf, ik moet met deze mensen op voet van gelijkheid leven, op een bepaalde manier horen we bij elkaar.

– Dit is mijn huis, jullie mogen hier wonen zolang het nodig is, maar daarna moeten jullie wel een andere oplossing zien te vinden, dit is een tijdelijke oplossing en ik zal inschikken, ik ben niet iemand die per se meer wil hebben dan een ander en ik heb zelf niet voor mijn familie gekozen, begrijpt u, ik ben al vroeg uit dat nest gevallen en heb geen contact meer met hen.

Er komt geen antwoord. De anderen gedragen zich al of ze er niet meer is. De mannen beginnen stoelen en matrassen naar beneden te brengen. De kinderen staan in een hoek van de salon toe te kijken.

– Zal ik muziek voor jullie maken? oppert ze. Ze staat in de deur naar het boudoir en heeft bedacht dat een goed contact met de kinderen de ongemakkelijkheid van de situatie kan doorbreken, maar een van hen mompelt: We mogen niet met jou praten.

– Hoezo? Wie heeft dat gezegd? Natuurlijk mogen

jullie met mij praten, jullie wonen in mijn huis, waarom zouden jullie dan niet met mij mogen praten?

Er is inderdaad genoeg ruimte voor haar in het boudoir en ze heeft er ook toegang tot de tuin, al is het uitzicht minder mooi, ze kan de eik niet meer zien. De kinderen schreeuwen onaangenaam, het is onrust die eruit moet, maar als ze muziek maakt, zal ze de geluiden enigszins kunnen overstemmen.

Ze zet de kruk weer bij de pianoforte en wil zich tegenover het instrument verontschuldigen dat nu zo krap tussen het voeteneind van het bed en een wand geparkeerd staat.

– We moeten allemaal inschikken, fluistert ze tegen de toetsen.

Haar partituren liggen nog in de salon, ze wil ze niet halen, wil er liever mee wachten tot iedereen weg is, ze zullen daar vast niet de hele tijd blijven, ze zullen wel weer naar boven gaan om het gezelschap van Léon en zijn schim van een vrouw te zoeken en hopelijk hebben de kinderen de partituren dan nog niet gebruikt als vouwblaadjes of tekenpapier, maar gelukkig, haar hoofd heeft al veel muziek opgeslagen en haar vingers zijn gehoorzaam.

In een winkeltje met tweedehands kleding koopt Berthe een onopvallende rok in grijzige tinten met een paar gestopte mottengaten op heuphoogte en een halsdoek in een lamlendig beige.

Zodra het beter weer wordt en de kinderen de tuin in

mogen, komen ze van achter het glas naar haar luisteren, maar als Berthe hen dan op een vriendelijke manier naar binnen wil lokken, lopen ze weg.

Omdat het bijna ondoenbaar is geworden om nog rustig van de keuken gebruik te maken, eet ze het liefst buitenshuis, soms ergens bij een kraam, andere keren in een restaurant in de buurt waar ze dagschotels serveren. Tegen haar tafelgenoten die zoals het uitkomt aanschuiven, vertelt ze niet veel. Ze draagt de kokarde en spreekt zich niet meer uit over onderwerpen van de dag: de inmiddels in betrekkelijke luxe gevangen gezette koning en zijn buitenlandse gemalin, het verlangen naar een republiek en de kwestie of vrouwen en zwarten gelijkwaardig zijn of niet. Ze luistert naar al de woorden die knetteren en botsen en verdringt haar verlangen om nergens te zijn, met niemand, alleen met stilte en goed geordende instrumentale muziek, om een afwezig lichaam te zijn dat rust in het gras, maar ze mag van zichzelf niet deserteren, ze is al gedeserteerd voor God, ze mag niet deserteren voor de natie. En ze dompelt haar lepel in de soep die voor haar staat te dampen, soep met oogjes, ze voelt het warme zoute vocht over haar tong en door haar slokdarm glijden.

Dan komt ze op een middag thuis, ze steekt haar sleutel in het slot maar die past niet meer, ze probeert het nog eens, wil met alle kracht de baard naar binnen duwen.

De handeling die ze al zo vaak en zo vanzelfsprekend heeft verricht blijkt vergeefs.

Ze ziet het, er is aan het slot gerommeld, er is een nieuw geplaatst.

Met alle kracht trekt ze aan de bel, binnen slingert het ding zo hard heen en weer dat ze het tegen het hout van de voordeur hoort bonken.

Niemand doet open.

Ze loopt naar de zijstraat, voelt aan de tuindeur, ook die zit op slot. Ze kan wachten tot iemand thuiskomt, denkt ze, misschien hebben ze er niet aan gedacht om haar een nieuwe sleutel te geven. Ze hoort stemmen in de hal, trekt weer overdreven hard aan de bel, bonkt op de voordeur, wie in de hal staat moet haar kunnen horen, maar doet niet open. Weer loopt ze naar de tuindeur en rammelt er machteloos aan. De tuinmuur is te hoog, onmogelijk om er overheen te klimmen en dat is ook de bedoeling.

Ze hoort de pianoforte, de kinderen staan er zeker op te rammen met alle tien de vingers, maal vier. Ze zijn in haar boudoir, er was toch een afspraak, ze horen niet in haar boudoir.

Haar familie zit in het buitenland, ze weet niet waar. Haar zus zal ook wel mee zijn. Ze wil niet naar het buitenland. Ze hoort hier. Misschien is het een vergissing. Ze is zo inschikkelijk geweest, ze heeft zich zo aangepast.

Pas als ze weer bij de voordeur staat ziet ze dat er een letter op de gevel is gekalkt, een schuldig gemaakte letter P, het brandmerk van de vogelvrijen.

28

Tobias wordt door een van Charles' koetsiers naar huis gebracht, nadat Charles hem amicaal heeft gegroet en nogmaals bedankt voor de zeer bijzondere hulp die hij hem schenkt.

Onderweg in de karos raakt hij geërgerd door het lawaai en geschreeuw om hem heen. Hij wil nadenken, maar zijn gedachten schudden en schommelen even sterk als het rijtuig.

Thuis zegt hij tegen Gisèle dat hij weg was voor een vriendendienst en dat hij nu geld genoeg heeft voor nieuwe kleren, hij wil haar nieuwe kleren geven en haar erin bewonderen, omdat ze mooi is en die schoonheid nog beter uitkomt in nieuwe kleren. En als Gisèle hem tijdens het opscheppen van de soep vraagt waarom hij eigenlijk zo halsoverkop naar zijn vriend moest, vertelt hij dat hij voor hem een prototype gaat maken van een werktuig dat een menselijker manier van decapitatie van misdadigers bewerkstelligt, want ook de schuldigen moeten meeprofiteren van de nieuwe gelijkheid en het is in feite een kleine klus, een paar balken, een optreksysteem, in een paar dagen is het klaar en gaat hij weer zijn eigen werk doen, hij had ook nee kunnen zeggen, maar Charles heeft hen geholpen toen hun kleine stierf, dat weet ze, en nu helpt hij hém, en als hij nee had gezegd, dan had hij zich onttrokken aan een wezenlijke verbetering van wat in elk geval moet gebeuren, en zich onttrekken dat doet hij niet, hij neemt zijn verantwoordelijkheid en het levert genoeg geld op om de komende tijd voort te kunnen en als hij er nog meer maakt levert het zelfs genoeg geld op om weer te kunnen experimenteren met nieuwe klanken en dan hoeft ze niet meer in de drukkerij te werken en kan ze weer in de winkel staan, wat ze veel liever doet en waar ze ook heel goed in is, toch?

Gisèle antwoordt niet. Ze roert almaar in haar soep alsof er iets in viel wat ze terug wil vinden.

De opdracht is bijna te eenvoudig voor zijn talenten.

Hij tekent nauwkeurig de maten van de valbijl uit en van het gewicht dat erboven tegenaan moet komen. Samen met de grofsmid die het metaalwerk zal doen berekent hij dat het gewicht van het blad zo'n zeven kilogram zal worden en van de verzwaring zo'n dertig.

Dan schuift hij het klavecimbel waaraan hij werkt naar een hoek van de werkplaats en schermt het af met een groot laken. Zo is de vloer ruim genoeg om het hardhout dat hij heeft gekocht en laten bezorgen, dwars neer te leggen.

Zorgvuldig snijdt en hakt hij groeven in wat de verticale balken moeten worden, dan maakt hij heel precies de verbindingen met de dwarsbalk, de voet en het verzwaarde onderstel met schoren, die de staanders op een veel lager punt steunen dan bij de mannaia het geval was, ze zullen het werk niet in de weg hoeven te zitten.

Hij berekent en zaagt de horizontale dwarsbalk die bovenin moet komen, met een gat voor het touw dat door katrollen geleid zal worden. Voor de zijkant, op schouderhoogte, bedenkt hij een systeem waarmee het blad in één flits kan losschieten en het extra sterk gevlochten touw het weer kan ophijsen.

De houtkrullen kraken onder zijn schoenen. Door een open raam kringelt een mengeling van paardenmest en lentegeur zijn neus in.

Vier dagen werkt hij aan de houten ombouw. Inmiddels is het snijblad met het gewicht gebracht. Alles ligt in losse onderdelen in zijn werkplaats.

Gisèle wil niet komen kijken.

– Ik wil het niet weten, zegt ze.

– Ik doe het voor Charles en voor jou, zegt hij terug.

Ze krijgen een van hun zeldzame ruzies, die deze keer blijft doorzinderen, Gisèle zegt dat ze er niet om heeft gevraagd en Tobias drukt haar op het hart dat ze het geld nodig hebben en hij daarvoor alles wil doen, terwijl hij verder gewoon muziekinstrumenten blijft bouwen, ze moet niet zo rigide denken, en Gisèle roept met haar ijle stem dat hij zijn talent verloochent en dat ze van dit geld geen nieuwe kleren wil, en Tobias roept dat het een belediging is om dat te zeggen, en Gisèle roept terug dat ze teleurgesteld in hem is, diep teleurgesteld, en Tobias roept eroverheen dat hij het voor haar doet, voor Charles en voor haar en niet voor hemzelf, ondankbaar is ze, ondankbaar!

Ze koopt geen nieuwe kleren. Ze vraagt niet of het

werk wil vorderen. Ze gaat vroeg naar bed terwijl Tobias in de winkel hardnekkig blijft oefenen op de *Air voor de Geleerden* en *Losbollen en Potsenmakers*.

Als hij op hun vaste muziekavond bij Charles arriveert, in zijn huis halverwege de heuvel, met de partituur van de *Air* die hij inmiddels kan dromen, wil Charles meteen weten hoe het met het prototype staat. Dat het ding in losse onderdelen op de vloer van Tobias' werkplaats gereed ligt, is genoeg om aan het regelen te slaan.

Hij stelt een proef voor op de binnenplaats van een van de gevangenissen, in het bijzijn van alle betrokken volksvertegenwoordigers, maar Tobias zegt dat hij het niet uit handen geeft voordat hijzelf in alle discretie, in elk geval niet in het bijzijn van al die anderen, een proef heeft kunnen nemen. Hij geeft ook zijn instrumenten niet uit handen voordat hij hun geluid heeft kunnen horen en tot in de puntjes afstellen.

Charles begrijpt het, en in zijn ongeduld stelt hij voor om de volgende ochtend zeer vroeg naar Tobias toe te komen en het apparaat voor de deur van zijn winkel uit te testen, want binnen zal het plafond wel te laag zijn. Misschien moeten ze het straatje dan maar even afsluiten voor buitenstaanders.

– Waar wil je een proef mee doen? vraagt Tobias aarzelend.

– Bijvoorbeeld met strobalen. Die bieden weerstand.

- Strobalen? Hebben die een vergelijkbare weerstand?

– We kunnen het ook met een schaap doen. Als het met een schaap lukt, zal het ook met een mens lukken. Morgenochtend vroeg zal ik er voor zonsopgang zijn, met mijn vier assistenten en een strobaal en een schaap.

Dan haalt Charles zijn viool uit de kist, Tobias slaat een la aan, de vier snaren worden gestemd, zuiver volgens Tobias' absolute gehoor, en ze beginnen hun ziel uit hun lijf te spelen.

29

Catho, handelaar in tweedehands kleren waar de geur van de dragers nog in hangt, komt langzaam bij, liggend op de straatstenen, met een opgedroogde bloedneus en krampen in haar buik van de stompen die ze heeft gekregen, maar ze zegt tegen zichzelf dat het geen pijn doet. Ze krabbelt overeind en ziet twee bundels kleren liggen, die zijn weggerold en zich onder een struik verschuilen.

Met aan elke arm een bundel strompelt ze naar haar zolderkamer terug, de rivier over en verderop door de straten met de goedkopere woningen waar mensen soms maar een maand blijven omdat ze dan al de huur niet meer kunnen opbrengen. Ze heeft niets gestolen, het is een misverstand, zijzelf is een misverstand, een misverstand op twee benen, en ze lacht, ze lacht omdat ze nog twee bundels kleren heeft en er in haar kamer ook nog eens vijf liggen die niemand haar kan afnemen, ze zal ze uitzoeken en daarna verkopen en wie weet heeft ze het geluk dat iemand in een geheime zak wat geld heeft laten zitten en zij de eerlijke vinder is van een onverwacht geschenk.

Het is druk op straat, voorbijgangers botsen tegen haar op, ze schelden omdat de bundels haar breder maken, zo breed als de japon waar ze in een boek van Berthe een plaatje van heeft gezien, met aan elke heup een uitstulping als een tafeltje om een glas op te zetten, of om je onderarmen op te laten leunen, een japon zo breed dat je zijwaarts door een deur moet.

Terwijl ze de trap op loopt naar haar zolderkamer werpt ze de bundels voor zich uit, maar ze komen terug alsof ze niet alleen durven.

Met het laatste water uit de lampetkan wast ze het bloed van haar gezicht.

Een lang wit mannenhemd met kantwerk aan de mouwen, dat deels is losgeraakt. Een paar slaapmutsen met kwastjes aan de punt. Mitaines als handen met afgehakte vingers. Twee paar schoenen waar de afdruk van tenen in staan, één ervan mist een gesp. Een lijfje. Een fluwelen schoudercape met aan één kant een slijtplek, alsof daar steeds het hoofd van een ander op heeft gelegen. Wat versleten lakens en doeken.

Ze hoort een invasie, zware voetstappen. De deur waarachter het geluid woont wordt opengetrapt, daar hoef je niet sterk voor te zijn, het is een deur van niets, het zijn sloten van niets.

Ik besta niet, denkt ze, en ze verbergt zich onder het bed, duwt de nachtspiegel waarin de plas die ze er die nacht in heeft gedaan sterk en ranzig is gaan ruiken iets te abrupt opzij zodat die heftig klotst, en trekt een paar bundels als schilden naar zich toe.

Ze hoort geschreeuw. Die van het geluid worden gehaald. Er vallen voorwerpen op de vloer, ze hoort iets wegrollen. Van onder het bed hoort ze dat het gestamp en gerommel zich verplaatst, de aangrenzende kamer uit, de overloop op en naar beneden.

Het kostte niet veel tijd, dat halen.

De geluiden waren onverstaanbaar.

Ze heeft alleen een voet gezien, die keer dat ze door het gaatje in de dunne wand keek, en ze weet niet waar die voet nu naartoe is.

Een korset dat van achteren moet worden dichtgetrokken, alsof afhankelijkheid een voorrecht is. Een habijt, net zo'n habijt als de nonnen in het hospice droegen. Twee halsdoeken. Een overjas met zakken, ze voelt erin, vindt een paar verstopte sous, niet veel, maar toch.

Ze hoort de huisbazin naar boven komen, ze hoort haar naar de andere kamer gaan.

Op haar knieën voor het gaatje in de wand probeert ze te zien wat die aan het doen is. Er ligt een kandelaar op de vloer. Haar hand raapt de kandelaar op. Een zilveren kandelaar.

Dan klopt de huisbazin op Catho's deur en duwt die open voor ze antwoord heeft gekregen. Ze staat op de overloop met haar handen op haar rug. Of Catho iets heeft gezien van wat hier is voorgevallen, vraagt ze.

– Nee nee, ik ben net binnen.

Of ze contact had met de mensen naast haar en of ze misschien ook een ander is dan ze is, en Catho begint te lachen, vet en vrolijk. Dat ze zichzelf is, zegt ze, een eenvoudige handelaar in gedragen kleding, en ze wijst naar de bundels en de kleren die op de vloer liggen.

– Ja, dat kan ik niet weten, hoe kan ik dat weten, zegt de huisbazin voor ze zich omdraait. Men kan de mensen niet meer vertrouwen, zegt ze.

Catho wil iets terugzeggen, iets over de mensen, maar ze houdt haar mond.

Ze ontrolt de laatste bundels, duwt haar neus in de stoffen, gaat op zoek naar verborgen zakken, in een zoom vindt ze nog een munt, in een jak een haarspeld, ze prikt zich eraan. Ze past het ene na het andere kledingstuk, verdrinkt in een hemd, perst zich in een lijfje, slaat halsdoeken om, trekt een kniebroek aan die poft rond haar billen en slobbert rond haar bovenbenen, ze hijst zich in het habijt dat haar veel te wijd zit en doet alsof ze nu op gelijke voet staat met de nonnen uit haar jeugd, die met de negen vingers en die met de lange naam en met de blik waaruit ongeloof sprak over alles wat tegen haar werd gezegd en overwoekerende bezorgdheid over het slechte in de mens, dat zich zou kunnen aankondigen bij de kinderen die ze onder haar hoede had en dat moest worden getemd voor het zou openbarsten.

30

Het pension is verwaarloosd, slijtplekken en morsvlekken in de tapijten en de traploper, kierende kozijnen. Maar Berthe heeft onderdak. Als ze uit het raam zou hangen en iemand haar benen vasthield zou ze de rivier kunnen zien.

Ze heeft zich onder een andere naam ingeschreven, ze heeft de woonplaats van haar zus genoemd, dat ze daar vandaan komt, heeft ze gezegd.

Ze zit in haar kamer, op een houten bed, tussen behang van zich almaar herhalende bloesemtakken, waarop een zich almaar herhalende vogel achteromkijkt naar zichzelf. Over twee vogels heen hangt een gravure van een landschap, op de voorgrond een brug, de boog tussen de pijlers wordt weerspiegeld in het gladde water van een beek en vormt er een perfecte cirkel mee, de bomen zijn blaadje voor blaadje getekend, een paar lichte strepen suggereren de verte.

Met de onbestemde kleren die ze draagt zal niemand een vermoeden hebben van haar afkomst. Haar manier van spreken verraadt allang niets meer, ze is een kameleon.

Voor het raam staat een schrijftafel met een stapeltje papier erop, een potje inkt en een ganzenveer, alsof de pensionhoudster haar gasten wil verplichten om iets te schrijven. Een brief wellicht. Hoe gaat het met jullie? Ik zit in een pension met vogels op het behang. Aan de overkant hebben ze de was opgehangen, die nu boven de straat wappert. Ik hoor een kar voorbij ratelen, iemand roept dat hij potten en kannen verkoopt, eerlijk aardewerk, roept hij, ik zou ook aardewerk verkopen als ik hem was, aardewerk kan breken, je moet iets verkopen wat kan breken of scheuren of slijten, dan blijf je klandizie houden.

Ze ziet Catho voor zich, Catho die op haar handen stond, haar magere bovenbenen die tevoorschijn kwamen, haar hoofd dat almaar roder werd terwijl ze het Misereatur uitsprak en ze weet dat ze dat rare kind niet had moeten loslaten. Catho is de enige aan wie ze wil denken. Niet aan haar familie, aan haar zus die kirrend in een ander leven is gestapt, aan haar ouders die Léon hebben opgedragen hun huis te bewaken. Misschien werd Catho gedwongen om hardop te zeggen wat ze voor zichzelf wilden houden, misschien had ze in dat hospice maar één manier geleerd om zichzelf te handhaven, door te zeggen dat het de anderen waren die haar wat aandeden, dat het geen kwaad kon dat te zeggen, omdat de zoon van God uiteindelijk alles op zich nam, alles, zo mager en slecht gekleed als hij was.

Berthe mist haar pianoforte, waar ze dat kleine grut op heeft horen rammen.

Het zachte suizen en de lichtkring van de lamp kalmeren haar. Ze begint aan een brief voor Catho. Geen idee waar die heen zou moeten. Ze heeft haar nu al twee jaar niet gezien.

Mijn lieve Catho.

Zwarte krabbels in een witte vlakte. Ze ziet de P op de gevel van haar huis voor zich en herinnert zich hoe Catho de p's schreef als topzware mannetjes die met moeite hun rug recht hielden.

Haar hand werpt een afgetekende schaduw op het papier. Ze legt de ganzenveer weg en maakt er een spel van, de hand wordt een eend, een hond, een vuist.

Misschien moet ze het woord *Mijn* schrappen.

Ze neemt een nieuw blad, begint weer te schrijven.

Lieve Catho. En de datum. *Ik zit in een pension, alle vogels op het behang zijn hetzelfde, ze kijken allemaal dezelfde kant op. Ik weet het niet meer.*

Ze tekent een plattegrond van waar ze is, de straat, de rivier, de dichtstbijzijnde bruggen.

Kom naar me toe. Ik zal op je wachten, op de hoek van de straat, met zicht op de rivier. Ik weet nog niet op welke tijden, maar blijf opletten.

Ze leest het over. *Blijf opletten.* Misschien is Catho omgekomen of verhongerd, er zijn in deze stad genoeg mensen die verhongeren en die pas bezoek krijgen als ze zo stinken dat het niet meer te harden is.

Blijf opletten.

Ze vouwt de brief vijfmaal op tot die in haar handpalm past en stopt hem bij het geld dat ze in een beursje om haar hals draagt.

Voeten die een beetje naar binnen gekeerd staan, een neus met een boogje erin. Een mager lichaam. Als Catho ergens is, zal het in een van de volksbuurten zijn, misschien zelfs niet al te ver van het hospice.

Zonder plan loopt Berthe langs de rivier. Het is mooi voorjaarsweer, kwetsbare lichtgroene blaadjes trillen aan de geamputeerde bomen. Het vuilnis langs de ongeplaveide oever ruikt zo doordringend dat ze haar halsdoek voor haar neus houdt.

Willekeurig schiet ze straten en stegen in. Maar dan overvalt haar de vrees dat iemand opeens haar beladen naam roept of dat de vier mannen die ze op een hoek tegen de gevel ziet hangen met een ruggengraat van wol opeens rechtop zullen gaan staan en haar zullen overvallen op zoek naar het geld dat ze ruiken. Vertrouwder straten zoekt ze, breder, minder verloederd, waar koetsen rijden en ze in de menigte kan oplossen.

31

Een uur voor zonsopgang klimt Tobias het echtelijk bed uit, zonder Gisèle wakker te maken.

Snel trekt hij zijn kleren aan. In de werkplaats legt hij stuk voor stuk de onderdelen van het platform en van de ombouw die de valbijl moet dragen op een doek, sleept ze over de gladde vloertegels naar buiten en zet ze daar in elkaar.

Achter de matglazen ramen van de drukkerij aan de overkant flakkert licht. De cafés verderop zijn gesloten.

Er trekt een kille wind door het smalle straatje.

Bij het eerste streepje ochtendlicht ziet hij Charles en zijn vier assistenten aan komen lopen. Eén draagt een strobaal op zijn hoofd, twee anderen trekken en duwen een ooi mee die ze in alle vroegte op de veemarkt hebben gekocht.

Misschien heeft het dier een vermoeden van haar einde. Er zal al veel met haar zijn gesold, ver van de weilanden die tot voor kort haar wereld waren. Tussen de hekken op de veemarkt heeft ze met haar soortgenoten tegen elkaar aan gedromd in het stro gestaan, onzeker door de spijlen koekeloerend naar de wezens in de loopgangen die de ruimte kregen.

Met de oren gespannen naar achteren en de damespootjes weigerachtig stram wordt ze meegetrokken tot voor de winkel van Tobias, waar ze wordt vastgebonden aan de deurknop. Haar bek is dichtgebonden, zodat ze niet kan blaten.

De mannen groeten elkaar met ingehouden stem.

Binnen wordt Gisèle wakker. Ze voelt de leegte naast haar in bed en draait zich om. Achter een bovenraam twee huizen verderop wordt een gordijn opzijgeschoven.

Gezamenlijk dragen de mannen de valbijl en het gewicht naar buiten en plaatsen het tussen de spekgladde groeven onder in de ombouw. Dan sjorren ze het hele vier meter hoge gevaarte verticaal.

Het touw wordt aangetrokken tot de valbijl bovenin zit. De opkomende zon weerkaatst in het gloednieuwe metaal.

Om niet gestoord te worden bij het experiment, beveelt Charles twee van zijn assistenten om verderop te posteren en eventuele nieuwsgierigen op afstand te houden. Dit is een test voor de maker en geen openbare terechtstelling.

Eerst wordt de strobaal op de halfronde inkeping voor de mensenhals gelegd maar hij rollebolt er weer vanaf.

Charles laat een van zijn assistenten een gleuf in de baal snijden, waardoor die op zijn plaats blijft, en geeft dan een teken. Het touw schiet los en de bijl valt fluitend naar beneden. Sneller dan hun ogen kunnen volgen wordt de strobaal in twee stukken gehakt.

Perfect. Tobias krijgt felicitaties toegeworpen voor zijn technisch vernuft en zijn praktisch inzicht.

Gisèle is uit bed gestapt. Tobias ziet haar achter het raam staan. Als ze merkt dat hij haar ziet, draait ze zich meteen om.

De ooi wordt losgehaald van de deurknop, ze probeert vergeefs te blaten en biedt koppig weerstand, de twee assistenten die op wacht staan moeten terugkomen, iedere assistent moet een poot in bedwang houden terwijl de ooi op haar buik wordt gedrukt, ze schudt en rilt, ze verzet zich, dat is niet prettig voor de proef. Haar kop wordt over de halvemaanvormige uitsparing heen gedrukt, het bovenblad, dat samen met het onderblad een cirkel vormt, past er niet goed overheen, ze heeft te veel wol, Tobias moet het wegscheren.

Hij heeft nog nooit een schaap geschoren, ze beweegt te veel, hij raakt een ader, de losse plukken wol dartelen met de wind mee. Tussen kop en romp ziet hij een bloot wit nekje tevoorschijn komen.

Charles geeft weer een teken, een van de assistenten laat het touw schieten en meteen gutst het schapenbloed over het hout naar beneden en tussen de stenen de grond in.

Tobias wordt uitbundig gefeliciteerd. Gisèle kan het binnen horen.

De kop ligt op de kasseien. Het lijkt of de ogen verbaasd naar de lucht kijken waarin kleine wolken drijven.

Als het een mensenhoofd was geweest, zou het misschien nog even hebben gebloosd van ongemakkelijkheid.

32

En Catho staat tussen de tweedehandskleren en denkt aan Berthe die in het habijt zou hebben gepast. En in het witte gewaad. En in een paar van de andere kleren die over de vloer slingeren.

Ze legt ze op elkaar, ze hebben dezelfde forse maat. Berthe had erin gepast.

Ze ruikt aan de stof, maar de geur van de vrouw die haar lezen en schrijven leerde hangt er niet in. Kamfer ruikt ze, en oud vocht.

En de gedachte komt in haar op dat Berthe misschien niet uit zichzelf zo plotseling uit het hospice vertrok. Misschien werd ze gedwongen, misschien hadden de non met de negen vingers en de non met de langste naam haar gesommeerd om te vertrekken en had ze geroepen dat ze nog afscheid moest nemen, dat ze niet weg kon gaan zonder afscheid te nemen, maar had niemand het gehoord, zijzelf ook niet.

De pijn in haar buik blijft zeuren, alsof haar lichaam boos is op de inspanning die het alweer moet leveren. De schemer kondigt zich aan, iedereen lijkt naar huis te willen, koetsiers jutten hun paarden op, bedelaars die in de weg zitten worden verjaagd.

Aan de overkant van de rivier begint ze in de eerste straat die ze herkent weer aan de bellen te trekken, de bedienden die opendoen reageren ongeduldig, ze heeft de kleren toch al ontvangen, zeggen ze, en dat ze niet gestoord wensen te worden. Ze noemt de naam Berthe, Berthe, zegt ze, weet u die te wonen, maar ze weten van geen Berthe, en ze noemt de naam die de nonnen in het hospice gebruikten, de naam van een heilige die werd doorboord, maar ook die naam roept nergens herkenning op. Er is een bediende die even verbaasd lijkt op te kijken, ze heeft het over stevig gebouwd en een voortand die een beetje over de andere voortand heen staat, maar met een diepe gekartelde stem zegt hij: Nee, nee, ik zou het niet weten, bent u van plan de hele stad zo te doorzoeken? Dat zal nogal een werk zijn. Ze moet hier ergens wonen, zegt ze, maar hij antwoordt weer: Nee, nee, ik weet zeker dat die vrouw hier nergens woont. Misschien is ze naar het buitenland, dat is nog moeilijker zoeken.

Op de gevel staat de zin gekalkt die ze op papborden heeft gelezen, die ze samen met de andere toeschouwers in het operagebouw heeft geschreeuwd. De letter R lijkt op een P die een steunbalk heeft gekregen omdat hij anders zou omvallen. En ze denkt aan de schrijflessen, hoe Berthe in het begin haar hand vasthield en daarna toekeek terwijl ze achter elkaar dezelfde letter schreef, allemaal p's die er eerst kwetsbaar uitzagen, maar allengs een heel leger fiere mannetjes werden, klaar om uit te rukken, op zoek naar een passend woord.

Straathandelaars duwen hun karren voort met de waren die ze die dag niet hebben verkocht. Aan de oever maken vissers hun boot gereed om in de nacht de netten uit te gooien. Lantaarnopstekers zetten de kade in een bescheiden licht.

Tussen het vuilnis ziet ze een verdwaalde stoelpoot liggen en ze schrijft ermee in de modder, menslange letters schrijft ze, een B, een P, een C, en ze loopt door de gleuven als over smalle paadjes die nergens anders heen leiden dan naar zichzelf.

Ze zal de kleren bewaren, de kleren waarin Berthe past. En als ze Berthe zal vinden, als ze opeens, bijvoorbeeld terwijl ze langs de rivier loopt, dat blozende gezicht weer ziet en die fladderende lach hoort, dan zal ze naar haar toe rennen en haar op de grond gooien, in de modder, tot ze Genade Genade zal roepen, ze zullen het water in rollen en moeizaam op de kant krabbelen, druipend en drastisch gedoopt, en dan zal ze haar vertellen dat ze haar kleren heeft bewaard, terwijl ze die goed had kunnen verkopen, ze zal haar de kleren geven en wat er daarna gebeurt weet ze nog niet precies, maar zo ongeveer zal het gaan.

33

In de etalage van een kleine kunstwinkel, waar de schilderijen de pretentie van hun lijsten nauwelijks aankunnen, staat een doek met een jonge vrouw erop. Ze heeft een piek in haar hand en is gekleed in een klassiek ogend gewaad dat een borst bloot laat, een frisse kleine borst waarvan de tepel Berthe verbaasd lijkt aan te kijken.

De Vrijheid nr. 3 staat erbij, en de naam van de schilder.

Dit is Catho, Catho in verf. Halfbloot achter het uitstalraam.

Ze moet naar binnen. Meteen.

De deurbel klingelt. Binnen is het halfdonker.

Zal ik even roepen, denkt ze, maar ze doet het niet.

Dan komt een oude man tevoorschijn. Berthe vraagt hem meteen, terwijl ze de achterkant van het doek aanwijst, hoe hij aan het schilderij is gekomen dat hij daar heeft neergezet en hij zegt dat de kunstschilder het hem heeft aangeboden.

Waar die woont, vraagt ze, maar dat wil hij alleen zeggen als ze het doek koopt.

De prijs is een flinke hap uit haar geldvoorraad, maar ze heeft het idee dat ze Catho moet redden, die hangt zo kwetsbaar met haar halfblote lichaam voor iedereen te kijk dat ze haar moet beschermen.

Ze vraagt hoe lang het schilderij al te koop staat en hij zegt: Vanaf de vorige zomer, de mensen geven geen geld meer uit aan kunst.

Met moeite weet ze nog wat af te dingen en dan verpakt hij Catho in een oude krant, windt er touw omheen en knoopt er een lus aan, zodat ze het schilderij onder een arm kan dragen met haar hand halverwege in het geïmproviseerde handvat.

De handelaar geeft haar het adres van de kunstenaar.

– Als hij daar nog woont, zegt hij erbij.

Ze moet weer terug naar waar ze al heeft rondgedwaald. Het is lawaaiig op straat. Een kat loopt achter haar aan, miauwend, maar ze heeft geen belangstelling voor het dier.

In de schaduw van veel hogere huizen vindt ze een lage woning van leem en steen. De voordeur staat halfopen en geeft meteen toegang tot een smalle diepe kamer. Ze roept de naam van de kunstschilder en uit het halfduister komt een vrouw tevoorschijn, die op lusteloze toon vraagt wat ze hier moet en Berthe zegt dat ze de kunstschilder zoekt die het schilderij heeft gemaakt dat ze bij zich draagt.

– Hij is dood, zegt de vrouw, wij zijn de nieuwe bewoners.

– Weet u of hij familie heeft, weet u anderen die hij heeft gekend?

– Hoor eens, daar heb ik niets mee te maken, dat zoekt u zelf maar uit.

Met het schilderij onder haar arm loopt Berthe naar het hospice. Onderweg observeert ze de gezichten van de mensen om haar heen.

De deur die ze vroeger gebruikte om 's avonds laat de stad in te gaan, zit niet op slot. Even tuurt ze door een kier naar het binnenplein, er staan paarden vastgebonden, ze staan lijdzaam met het hoofd naar de grond gericht.

Waar zouden de mensen zijn die in de andere vleugels woonden en voor wie de wereld niet groter was dan deze rechthoek onder de hemel?

Op haar tenen probeert ze iets te zien van de kamer waarin ze aan haar bureau zat terwijl Catho de woorden voorlas die ze eindelijk kon lezen.

Door de ribbels van het glas in lood ontwaart ze nog net de contouren van een paar stapelbedden.

Dan haalt ze de brief aan Catho tevoorschijn, vouwt die twee keer uit en klemt het verkreukelde papier in een richel onder het kozijn. Catho's naam valt nog net te lezen, zolang het niet gaat regenen.

Ze loopt terug naar het pension. Het geïmproviseerde handvat drukt een rode striem in haar handpalm.

In haar kamer, tussen de zich almaar herhalende vogels die achteromkijken naar hun evenbeeld trekt ze de krant kapot waarin het schilderij verpakt zit, scheurt ze de verhalen en meningen over de opstanden van februari dat jaar aan stukken.

En daar is Catho, verkleed als begrip.

Waarom heeft die schilder de vrijheid niet verbeeld

als een moeder of een wijze oude vrouw, waarom moet het een jong ding zijn dat niet is voorbereid op wat er kan gebeuren?

Ze haalt het landschapje van de wand en hangt de beeltenis op, als voorbode van de echte Catho, die ze wil vinden, omdat er dan weer iets kan beginnen. Dat denkt ze, maar ze denkt het voorzichtig, alsof de gedachte breken kan zodra ze haar hoofd schudt.

Verantwoording

Het personage Charles is geïnspireerd op de aantekeningen van Charles-Henry Sanson zoals weergegeven in *Mémoires des Sanson*, bezorgd door Henry Sanson (1862). De beelden komen uit *Méthode pour apprendre à dessiner les passions* van Charles Le Brun (1702).

De auteur ontving een werkbeurs van het Nederlands Letterenfonds.